トップ・シークレット⑧

正義《せいぎ》を胸《むね》に、潜入《せんにゅう》ミッション！

あんのまる・作
シソ・絵

角川つばさ文庫

目次《もくじ》

STAGE Ⅱ

STAGE Ⅳ

人物紹介

CSCO《シーエスシーオー》
シャルル・ハック
ハッキングの天才《てんさい》
タロ
さとる
今回《こんかい》のチームメイト
マキ・エジソン
発明《はつめい》の才能《さいのう》がある
レオ・サファイア
ナノの幼《おさな》なじみで相棒《バディ》
数百年《すうひゃくねん》に一人《ひとり》の超天才《ちょうてんさい》
ナノ・エメラルド
世界一《せかいいち》のスパイをめざす
この本《ほん》の主人公《しゅじんこう》

TOP SECRET

【蛇《へび》】極悪非道《ごくあくひどう》の犯罪組織《はんざいそしき》

ダウト　ルシィルひきいるチーム

ヴェール
ナノをとらえようと追《お》う

Re：Start《リスタート》

ティル
ナノにかまう
BS《ビーエス》の少年《しょうねん》
【ディアモンド】の
最高責任者《CEO》

STORY

こちら、コードネーム：N《エヌ》！ 世界《せかい》一《いち》のスパイをめざしているよ。学《がく》年末《ねんまつ》の旅行《りょこう》から帰《かえ》ってきて、これからはじまる〈プロ試験《しけん》〉。合格《ごうかく》すれば、はれて一人前《いちにんまえ》のプロスパイになれる！ 10人一組《にんひとくみ》のチームで、超《ちょう》むずかしいミッションへ。だけど、潜入先《せんにゅうさき》にいたのはまさかの知《し》り合《あ》いたちで……？

key word《キーワード》

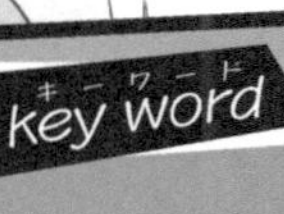

BS《ビーエス》
石《いし》にえらばれた特別《とくべつ》な人《ひと》。
力《ちから》＝モードが使《つか》える

暗号《あんごう》
ふつうの人《ひと》でも力《モード》を
つかえるようになるレシピ

親愛《しんあい》なるお母《かあ》さんとお父《とう》さんへ

元気《げんき》にすごしてますか？

いつか会《あ》えたとき、たくさん話《はな》せるように。
大切《たいせつ》なことを忘《わす》れないように、初任務《はつミッション》のときから日記《にっき》を書《か》きはじめて。
もう八冊目《さつめ》になったよ。

いつも書《か》いてる相棒《バディ》のレオのこと。ゼインやユーコ先生《せんせい》のこと。
親友《しんゆう》のシャルルとマキのこと。ギルやティルやルシィル、友《とも》だちとの冒険《ぼうけん》をいっぱい書《か》いたね。

眠《ねむ》れない夜《よる》、エメラルドをにぎって目《め》をつぶれば、たまに思《おも》い出《だ》すんだ。
小《ちい》さいときに、お母《かあ》さんとお父《とう》さんと眠《ねむ》った夜《よる》のこと。
寝物語《ねものがたり》で聞《き》かせてくれた、不思議《ふしぎ》な石《いし》や、世界《せかい》をつくった光《ひかり》の話《はなし》。

いつか、また聞《き》きたいな。話《はな》したいな。会《あ》いたいな。相談《そうだん》したいこともたくさんあるんだ。

いつもどこかで見守《みまも》ってくれて、ありがとう。
お母《かあ》さんとお父《とう》さんが、これからも幸《しあわ》せに暮《く》らせますように。

ナノ・N《エヌ》・アニエルより

△警告《けいこく》△　この本《ほん》を読《よ》む前《まえ》に

コードネーム：N《エヌ》から注意事項《ちゅういじこう》！
この本《ほん》には、世界《せかい》の最高機密情報《トップ・シークレット》がのっているんだ。
きみは、これからここで知《し》ることを、決《けっ》してだれにも言《い》っちゃいけない。
パパやママ、おじいちゃんやおばあちゃん、
親友《しんゆう》や恋人《こいびと》、飼《か》い犬《いぬ》のポチにも、
絶対《ぜったい》にダメだ！
もし、少《すこ》しでも話《はな》しちゃったら……きみの命《いのち》の保障《ほしょう》はできない。
だって――これ以上《いじょう》は言《い》えないや。
それでも、きみに、ページをめくる覚悟《かくご》はある？
もし、その覚悟《かくご》があるなら、次《つぎ》のページで待《ま》ってるよ！
常《つね》に正義《せいぎ》を心《こころ》に！

WARM-UP《ウォームアップ》 スパイは夜《よる》を駆《か》ける

草木《くさき》も眠《ねむ》る真夜中《まよなか》。
超高層《ちょうこうそう》ビルの、最上階《さいじょうかい》の窓《まど》から飛《と》び出《だ》した影《かげ》と。
それを追《お》う、もう一つの影《かげ》は。
闇《やみ》にまぎれて、ビルのあいだを駆《か》けぬける。
「待《ま》て！」
逃《に》げる影《かげ》は、スパイ。
そして、それを追《お》いかける影《かげ》は——
世界警察《せかいけいさつ》！

STAGE Ⅰ

1．プロ試験《しけん》スタート！

「いまからチーム：レオの、プロ試験《しけん》の任務《ミッション》を、あらためて説明《せつめい》する」

ゼインの言葉《ことば》が、ブロッサム学園《がくえん》の投影室《とうえいしつ》にひびく。

あたしはいま、九人《にん》のチームメンバーと一緒《いっしょ》に、ゼインの前《まえ》にならんでるんだ。

プロ試験《しけん》がはじまる前《まえ》に、あたしの自己紹介《じこしょうかい》をちゃんとしておかないとね！

あたしは、**ナノ・エメラルド**。みんなからはナノって呼《よ》ばれてる。

五歳《さい》のころに学園《がくえん》にやってきたあたしには、それ以前《いぜん》の**記憶《きおく》**がないんだ。

でも、夢《ゆめ》で見《み》た記憶《きおく》があるの。

それは、危《あぶ》ない状況《じょうきょう》で、何《なに》かから必死《ひっし》にあたしとレオを守《まも》ってくれる男《おとこ》の人《ひと》が、

「安心《あんしん》しろ。俺《おれ》が絶対《ぜったい》に助《たす》ける」って、はげましつづけてくれた記憶《きおく》だ。

だれ？　って聞《き》いたら、夢《ゆめ》のなかの男《おとこ》は、ニッと笑《わら》って答《こた》えたんだ。

「世界一《せかいいち》のスパイだ」ってね。

その夢《ゆめ》を見《み》てから、**世界一《せかいいち》のスパイになること**が、あたしの目標《もくひょう》になったんだ。

そんなあたしが通《かよ》うのは、スパイを育《そだ》てるための学園《がくえん》——

世界監督市民機関《コスモ・スーパービジョン・シティズン・オーガニゼーション》（略《りゃく》してCSCO《シーエスシーオー》）ブロッサム学園中等部《がくえんちゅうとうぶ》っていうの。

そこは、アメリカ合衆国《がっしゅうこく》のどこか、**絶対《ぜったい》に見《み》つからない場所《ばしょ》にある**学園《がくえん》なんだ。

ブロッサム学園《がくえん》は、いわゆるよくあるふつうの学園《がくえん》とはちがうの。

あたしたち生徒《せいと》は、『**だれにも見《み》つかっちゃいけない**』んだ。

でも、だからこそ、あたしたちは『**何者《なにもの》でもない**』かわりに、『**何者《なにもの》にもなれる**』んだ。

ほかにも、「学園《がくえん》で学《まな》んだことは、学園以外《がくえんいがい》の

だれにも言《い》ってはいけない」っていう、きびしい校則《こうそく》があるの！

それに、中等部《ちゅうとうぶ》（一三歳《さい》）からは、世界《せかい》の政治《せいじ》にかかわるような任務《ミッション》につくことができるんだ。

いろんな『任務《ミッション》』を行《おこな》うスパイって職業《しょくぎょう》は、あたしにとって、世界一《せかいいち》、最高《さいこう》にクールなんだ！

そんなあたしは、この前《まえ》、日本《にほん》の京都《きょうと》で本田《ほんだ》ニムって忍者《にんじゃ》に会《あ》ったり。

Re:Start《リスタート》っていう組織《そしき》に狙《ねら》われたりしたの。

そのRe:Start《リスタート》が世界《せかい》を終《お》わらせようとしてるから、お母《かあ》さんと、BS《ビーエス》の研究者《けんきゅうしゃ》のお父《とう》さんを見《み》つけ出《だ》して、これからのことを相談《そうだん》するって決《き》めたんだ。

いまは三学期《がっき》で、これから中等部《ちゅうとうぶ》一年生《ねんせい》の最後《さいご》の大《だい》イベント、プロスパイの試験《しけん》をはじめるんだ！

「今回《こんかい》、お前《まえ》たちの任務《ミッション》に深《ふか》く関《かか》わる、Re：Start《リスタート》について説明《せつめい》するぞ」

ゼインの声《こえ》に合《あ》わせて、四つのマークがホログラムで映《うつ》った。

「Re：Start《リスタート》っていうのは、**四つの企業《きぎょう》を合《あ》わせたグループ名《めい》**だ。**『ハート印《じるし》』**は、食品《しょくひん》をつくっている。**『クローバー印《じるし》』**は、日用品《にちようひん》や流通《りゅうつう》、電気《でんき》ガス水道《すいどう》などの生活《せいかつ》のインフラを支《ささ》えている。**『ダイア印《じるし》』**は、服《ふく》やアクセサリーなどをつくっているんだ」

Re：Start《リスタート》の会社《かいしゃ》が、世界《せかい》をまわしてるとまで言《い》われてるんだ。

「そして最後《さいご》に、**『スペード印《じるし》』**。ここは、世界一多《せかいいちおお》くの**武器《ぶき》**をつくっている」

部屋《へや》の空気《くうき》が、スッと冷《つめ》たくなった気《き》がした。

スペードマークの周《まわ》りに、銃《じゅう》やミサイルなどの武器《ぶき》がうかびあがる。

ゼインが、あたしたち一人《ひとり》ひとりと目《め》を合《あ》わせた。

「今回《こんかい》の任務《ミッション》でお前《まえ》たちが関《かか》わるのが、その『スペード印《じるし》』だ」

あたしはつばをのみこんだ。

「その『スペード印《じるし》』が、**アースボール**という装置《そうち》を開発《かいはつ》した、という情報《じょうほう》をつかんだ。これは、**世界《せかい》の異常気象《いじょうきしょう》をコントロールする**ものだ」

目《め》の前《まえ》に、テニスボールサイズの、緑色《みどりいろ》の地球《ちきゅう》がうかびあがった。

「え！　そんなことができるの!?　すごい！」

異常気象《いじょうきしょう》をコントロールできるなら、世界中《せかいじゅう》で起《お》きてる大雨《おおあめ》とか干《かん》ばつや、暑《あつ》すぎたり寒《さむ》すぎたりする問題《もんだい》を解決《かいけつ》できるかもしれないんだ！

「もとは**異常気象《いじょうきしょう》をなくす**ために開発《かいはつ》されたようだが……これは**悪化《あっか》させてしまう**らしい」

アースボールの説明《せつめい》を読《よ》んだ、チームリーダーのレオが、眉《まゆ》をひそめて言《い》った。

「ああ、コントロールといっても、異常気象《いじょうきしょう》はなくせない。災害《さいがい》の規模《きぼ》を大《おお》きくすることと、起《お》こる場所《ばしょ》を調整《ちょうせい》することしかできないんだ」

ゼインが、そう苦々《にがにが》しくつづけた。

「これを使《つか》えば、各国《かっこく》と交渉《こうしょう》したりして、ぼう大《だい》な資金《しきん》を得《え》ることもできるわね」

シャルルとマキも顔《かお》をしかめた。

前《まえ》にギリシャで、火山《かざん》を強制的《きょうせいてき》に噴火《ふんか》させる**『パンドラの箱《はこ》』**を見《み》つけたときの、レオの言葉《ことば》を思《おも》い出《だ》した。

――悪意《あくい》をもってこの機械《きかい》を使用《しよう》したら、国《くに》や島《しま》をまるごと滅《ほろ》ぼすことだって、可能《かのう》なんだ――

これは、あの『パンドラの箱《はこ》』より**数十倍《すうじゅうばい》もヤバい装置《そうち》**なんだ。

「このアースボールが動《うご》きだしたら、とり返《かえ》しのつかないことになるだろう」

ゼインの言葉《ことば》に、あたしはこぶしをにぎった。

「CSCO《シーエスシーオー》は、アースボールのくわしいデータが『スペード印《じるし》』のマレーシア支部《しぶ》にある、という情報《じょうほう》をつかんだ」

マレーシアは、東南《とうなん》アジアにある、一年中《いちねんじゅう》あったかい国《くに》なんだ。

「お前《まえ》たちには、マレーシアに行《い》って、アースボールがどこに保管《ほかん》されているかを特定《とくてい》し、盗《ぬす》み出《だ》してほしい。では、チーム：レオに任務《ミッション》を与《あた》える」

ゼインの言葉《ことば》に、あたしたちは背《せ》すじをのばした。

「アースボールを盗《ぬす》み出《だ》せ！」

「「「「「「「「了解《エンダクシ》！」」」」」」」」

今回《こんかい》の任務《ミッション》は、二つの段階《だんかい》に分《わ》けられるんだ。

まず、アースボールの場所《ばしょ》を見《み》つけ出《だ》して、次《つぎ》に、それを盗《ぬす》みだすんだ。

「任務期間《ミッションきかん》は、**約《やく》三週間《しゅうかん》**。気《き》を引《ひ》きしめていこう。一〇分後《ぷんご》に地下通路《ちかつうろ》に集合《しゅうごう》だ」

あたしたちは、それぞれに準備《じゅんび》をはじめた。

2．出発《しゅっぱつ》はとっておきの場所《ばしょ》から

あたしはいま、レオとマキとシャルルと四人《にん》で荷物《にもつ》を持《も》って、地下通路《ちかつうろ》を進《すす》んでる。

他《ほか》の六人《にん》のメンバーとの合流地点《ごうりゅうちてん》は、もうすぐだ。

「『スペード印《じるし》』は、もうすぐ創業《そうぎょう》八〇〇周年《しゅうねん》をむかえるわ。社員《しゃいん》のやる気《き》も、高《たか》まっているでしょうし、気《き》をつけて行《い》きましょう」

「そのおかげで、潜入《せんにゅう》しやすかったけどね！」

あたしたちはこれから、アースボールの情報《じょうほう》を収集《しゅうしゅう》するために。

マレーシアにある『スペード印《じるし》』の会社《かいしゃ》で潜入調査《せんにゅうちょうさ》をするんだ。

『スペード印《じるし》』は、八〇〇周年《しゅうねん》を記念《きねん》して、もうすぐ大《おお》がかりなパーティーをひらくんだ。

開催場所《かいさいばしょ》は、シンガポールっていう、マレーシアのとなりの国《くに》だ。

そのパーティーのために、マレーシアとシンガポールの支部《しぶ》は、一五人《にん》ずつ社員《しゃいん》を増《ふ》やしたの。

秘密主義《ひみつしゅぎ》の『スペード印《じるし》』が、一度《いちど》にこんなにも、重要《じゅうよう》な業務《ぎょうむ》を任《まか》せる社員《しゃいん》を増《ふ》やすのは、前《ぜん》代未聞《だいみもん》って言《い》われてるくらい、潜入《せんにゅう》するにはうってつけの機会《きかい》だったんだ。

あたしは『スペード印《じるし》』のマレーシア支部《しぶ》の社員《しゃいん》になって、アースボールの情報《じょうほう》を探《さぐ》るんだ。

本格的《ほんかくてき》なスパイ任務《ミッション》に、胸《むね》のドキドキがとまらない！

あたしたちは、この日《ひ》のために、約《やく》一ヶ月間《かげつかん》、VR映像《ブイアールえいぞう》を見《み》たり、多目的《たもくてき》ホールで変装《へんそう》したりして、準備《じゅんび》をしてきたんだ。

「がんばろうね！　セオ――あ、レオ！」

日々《ひび》の練習《れんしゅう》のせいで、つい、レオの偽名《ぎめい》のセオって名前《なまえ》を呼《よ》んじゃうんだ。

セオって呼《よ》ぶたびに、レオが困《こま》った顔《かお》をするから、気《き》をつけてるんだけど。

なんでか、無意識《むいしき》に呼《よ》んじゃうんだ。

あたしは、VR映像《ブイアールえいぞう》が、少《すこ》し苦手《にがて》だ。

映像《えいぞう》と現実《げんじつ》が入《い》り混《ま》じって、経験《けいけん》したことがないはずなのに。

ふとしたときに「あ、この出来事《できごと》を知《し》ってる」って思《おも》っちゃうんだ。

そういう感覚《かんかく》のことを、デジャヴを感《かん》じるっていうんだって。

「ああ、ナノ。絶対《ぜったい》に成功《せいこう》させるぞ」

レオは、名前《なまえ》を呼《よ》びまちがえたことを、気《き》にしてないって感《かん》じで、前《まえ》だけを見《み》てる。

レオは、数ヶ月前《すうかげつまえ》の学年末旅行《がくねんまつりょこう》で、日本《にほん》に行《い》ったとき、ちょっと様子《ようす》がおかしくなったことがあったんだ。でも、Nキー《エヌ》の話《はなし》をしてからは、いつも通《どお》りだ。

だからあたしも気《き》にしてない。

そのとき、肩《かた》に荷物《にもつ》をかけなおしたマキが、なんの前《まえ》ぶれもなく言《い》った。

「あんね、うち、BS《ビーエス》の暗号《あんごう》について調《しら》べたんよ。でね、マレーシアに、暗号《あんごう》がいっぱいありそうな穴《あな》を見《み》つけたんよ」

は？　と声《こえ》を上《あ》げたシャルルが、目《め》を見開《みひら》いてマキを見上《みあ》げる。

「え！　BS《ビーエス》の暗号《あんごう》!?」

「どういうことだ？」

あたしたちの様子《ようす》も気《き》にしないで、マキが古《ふる》びた辞書《じしょ》を開《ひら》いた。

「パソコンはこわれちゃったけど、座標《ざひょう》がわかったんよ」

マキの辞書《じしょ》のはしには、マキの字《じ》で、洞窟《どうくつ》『3° 14′ 14.8″ N 101° 41′ 02.3″ E』と書《か》かれていた。

「そんな情報《じょうほう》は、はじめて聞《き》いた」

そうつぶやいたレオの顔色《かおいろ》は悪《わる》い。

あたしたちはいままで、ティルやルシィルの策略《さくりゃく》で、暗号《あんごう》にかかわってきた。

でも、いまはもう、暗号《あんごう》を見《み》つける必要《ひつよう》はないんだ。

「教《おし》えてくれてありがとう！　でも、それってけっこう**ヤバい情報《じょうほう》**なんじゃない？」

たぶん、ってマキは肩《かた》をすくめた。

「……これは、わたしたち四人《にん》だけの**秘密《ひみつ》**にしておきましょう」

シャルルの言葉《ことば》に、あたしたちはうなずきあった。

「ねえ、すこし状況《じょうきょう》を**整理《せいり》**しておきたいの」

シャルルが見《み》せてくれたＭｙ《マイ》シートには、勢力図《せいりょくず》がのっていた。

右側《みぎがわ》に、**味方《みかた》：ＣＳＣＯ《シーエスシーオー》**。

左側《ひだりがわ》に、**敵《てき》：Ｒｅ《リ》：Ｓｔａｒｔ《スタート》・【蛇《へび》】**。

「Ｒｅ《リ》：Ｓｔａｒｔ《スタート》と【蛇《へび》】は、**世界《せかい》を終《お》わらせるためにＢＳ《ビーエス》を捕《つか》まえている敵《てき》**よ」

「世界《せかい》の守護者《しゅごしゃ》や【渡《わた》し守《もり》】は、いったん中立《ちゅうりつ》だと考《かんが》えるわ」

中央《ちゅうおう》の上側《うえがわ》に、**中立《ちゅうりつ》：世界《せかい》の守護者《しゅごしゃ》・【渡《わた》し守《もり》】**。

「世界警察《せかいけいさつ》は、犯罪者《はんざいしゃ》だけでなく、ＣＳＣＯ《シーエスシーオー》のスパイも捕《つか》まえるから敵《てき》ね」

中央《ちゅうおう》の下側《したがわ》に、**敵《てき》：世界警察《せかいけいさつ》**。

「情報《じょうほう》によると、**世界警察《せかいけいさつ》もＢＳ《ビーエス》を捕《つか》まえようとしている**みたい」

「え！　世界警察《せかいけいさつ》まで!?」

もし世界警察《せかいけいさつ》に捕《つか》まったら、一生出《いっしょうで》られないテロストロ監獄《かんごく》に入《い》れられる。

あたしたちは、**バレたら終《お》わりなんだ。**

だから気《き》をつけなさい、って、シャルルが念《ねん》をおして言《い》った。

「えっと、これから潜入《せんにゅう》するのは、敵《てき》の会社《かいしゃ》なんだよね！　気《き》をつけないと！」

「そうよ。そして、BS《ビーエス》が狙《ねら》われているということを、**校長《こうちょう》のゼインは知《し》ってる。**にもかかわらず、今回《こんかい》のプロ試験《しけん》は、BS《ビーエス》のナノとレオをRe:Start《リスタート》に近《ちか》づかせる任務《ミッション》だった」

「たしかに！　そう言《い》われると、めちゃくちゃ危《あぶ》ない気《き》がしてきた」

「この危険《きけん》な任務《ミッション》を、わたしたちに与《あた》えた人物《じんぶつ》を調《しら》べてみたら、ソロン先生《せんせい》だったわ」

ソロン先生《せんせい》の、あのヘビみたいな眼《め》を思《おも》い出《だ》して、サッと体温《たいおん》が下《さ》がった。

「それに、マレーシアに暗号《あんごう》のある穴《あな》があるなんて、**偶然《ぐうぜん》だとは思《おも》えないの。**この試験《しけん》、なにかあるかもしれないわ」

「そういえば、エジプトの任務《ミッション》や、暗号《あんごう》に関《かか》わるウィンターホリデーのときも、ソロン先生《せんせい》が関《かか》わっていたな」

レオの言葉《ことば》に、シャルルは真剣《しんけん》な表情《ひょうじょう》で、My《マイ》シートをなぞった。

「そう、**あやしい**の。プロ試験《しけん》の任務《ミッション》をしながら、ソロン先生《せんせい》について、少《すこ》し探《さぐ》ってみるわ」

シャルルは、あたしが口《くち》をひらく前《まえ》に、ほっぺをつついてきた。

「あんたは一つのことしか考《かんが》えられないんだから、ソロン先生《せんせい》については何《なに》もしなくていいわ」

「確《たし》かに、これ以上考《いじょうかんが》えることが増《ふ》えたら、**頭《あたま》がもたないかもしれない……**」

「ああ。ナノは、Re:Start《リスタート》を警戒《けいかい》しながら、プロ試験《しけん》に集中《しゅうちゅう》すればいい」

「そうする！　あ、ガラスの筒《つつ》が見《み》えてきたよ！」

あたしたちの進《すす》む**地下通路《ちかつうろ》**は、世界中《せかいじゅう》のありとあらゆるところにつながってるんだ。

その通路《つうろ》の壁《かべ》には、天井《てんじょう》からつづくガラスの筒《つつ》が等間《とうかん》かくに並《なら》んでる。

筒《つつ》の横《よこ》はばは、四メートルほどで、ドアのような形《かたち》の穴《あな》があいているんだ。

「来《く》るよ来《く》るよ！」

筒《つつ》のなかを、シューッと音《おと》をたてて落《お》ちてきたのは、円柱《えんちゅう》の銀《ぎん》のカプセルだ。

高《たか》さが三メートルほどあるカプセルには、筒《つつ》にあいた穴《あな》と同《おな》じ形《かたち》のドアがついている。

スキップしながら、ID《アイディー》カードをかざして、ドアを開《あ》ければ。

「くぅ～**プロスパイ専用《せんよう》のカプセル**だ！」

なかには、任務《ミッション》のために必要《ひつよう》な、上質《じょうしつ》なスーツや靴《くつ》、アイテムの入《はい》ったカバンが並《なら》んでいた。

プロになったら、専用《せんよう》のカプセルがつくられて、任務《ミッション》のたびに、ＩＤ《アイディー》カードに反応《はんのう》して飛《と》んでくるんだ！

このカプセルには、スパイのロマンがつまってる！

瞬時《しゅんじ》に着《き》がえてカプセルから出《で》ると、スーツを身《み》にまとったみんなが出《で》てきた。

レオとシャルルとマキ、タロにさとる、一条《いちじょう》と、三名《めい》のクラスメイトが。

今回《こんかい》の任務《ミッション》をともにする九人《にん》の仲間《なかま》だ。

「絶対《ぜったい》に任務《ミッション》を遂行《すいこう》して、プロ試験《しけん》を一発合格《いっぱつごうかく》するぞ！」

「「「「「「「「おう！」」」」」」」」

レオを先頭《せんとう》に、あたしたちはジェット機《き》のある駐機場《ちゅうきじょう》へ、髪《かみ》をなびかせて進《すす》んだ。

今回《こんかい》、あたしたちが達成《たっせい》させるのは。

プロ試験《しけん》で、アースボールを盗《ぬす》み出《だ》すことだ！

それに加《くわ》えて、あたしは、お母《かあ》さんと、ＢＳ《ビーエス》の研究者《けんきゅうしゃ》のお父《とう》さんを見《み》つけて。

これからどうするべきかを、相談《そうだん》するんだ。

世界一《せかいいち》のスパイになるために、一つひとつやりきらないとね！

3. オフィスライフは、ああ無情《むじょう》

マレーシア　〈6月1日《がつついたち》　AM《エーエム》9：00〉

たくさんの文化《ぶんか》を大切《たいせつ》にしあう国《くに》、マレーシア。

その首都《しゅと》、クアラルンプールでは、まぶしい陽光《ようこう》がビルをキラキラと照《て》らしている。

そんな街《まち》なかで多《おお》くの人々《ひとびと》が見上《みあ》げるのが、**巨大《きょだい》なツインタワー**。

銀色《ぎんいろ》にきらめく二つのタワーが、わたり通路《つうろ》でつながっている、**超高層《ちょうこうそう》ビル**だ。

下《した》の階《かい》には、高級《こうきゅう》ブランドショップや、飲食店《いんしょくてん》などがならび。

上《うえ》の階《かい》には、さまざまな会社《かいしゃ》の事務所《じむしょ》があり、多《おお》くの人《ひと》が働《はたら》いている。

その**最上階《さいじょうかい》**に、あたしはいた。

「本日《ほんじつ》からここで働《はたら》く、**ドーリー・アーン**です。よろしくお願《ねが》いします！」

おじぎをすれば、首《くび》から下《さ》げた社員証《しゃいんしょう》がゆれた。

今回《こんかい》あたしが変装《へんそう》するのは、ベテラン**の営業担当者《えいぎょうたんとうしゃ》**だ。

いままでアメリカの武器《ぶき》を売《う》る会社《かいしゃ》で、七年間働《ねんかんはたら》いてきた実力者《じつりょくしゃ》っていう設定《せってい》だ。

強《つよ》みは、ねばり強《づよ》さと、コミュニケーション能力《のうりょく》！

CSCO《シーエスシーオー》の情報源《じょうほうげん》を活《い》かして、相手《あいて》の趣味《しゅみ》や好《す》きなことを話題《わだい》にすることで、どんな話《はな》し合《あ》いも楽《たの》しく有利《ゆうり》に進《すす》めるんだ！

『スペード印《じるし》』は、全世界《ぜんせかい》で約《やく》七〇万人《まんにん》の社員《しゃいん》がいるんだけど、社員《しゃいん》になるにはきびしい審査《しんさ》があるの。

今回《こんかい》は、**ニセモノの履歴書《りれきしょ》と経歴《けいれき》**のおかげで、あたしは社員《しゃいん》になれたんだ。

それから、ドーリー・アーンって偽名《ぎめい》は、マレーシアとシンガポールでよく食《た》べられてる**ドリアン**っていう果物《くだもの》と、エイリアンを合《あ》わせて考《かんが》えたの！

名前《なまえ》がふざけすぎてる、ってレオには言《い》われたけど、あたしは全力《ぜんりょく》で考《かんが》えたんだ！

「よろしく頼《たの》むよ！　今回《こんかい》のパーティーには、我《わ》が支部《しぶ》の全《すべ》てをかけているんだ」

そう笑顔《えがお》で言《い》ったのは、マレーシア支部《しぶ》のトップ、上司《じょうし》の**バーバル**だ。

【ディアモンド】ブランドのスーツを、ビシッときめたおしゃれな男性《だんせい》で、おしゃべり好《ず》きだ。

陽気《ようき》な人柄《ひとがら》だけど、その眼《め》には業務遂行《ぎょうむすいこう》のためには、なんでもするという**力強《ちからづよ》さ**がある。

バーバルの胸元《むなもと》には、ヘビがしっぽをかんで、輪《わ》っかになってるバッジがついていた。

ウロボロスマークだ。

このバッジは、Ｒｅ：Ｓｔａｒｔ《リスタート》に忠誠《ちゅうせい》を誓《ちか》った、限《かぎ》られた人《ひと》しかつけられない。

忠誠《ちゅうせい》を誓《ちか》うっていうのは、**組織《そしき》のために命《いのち》をかけて、なんでもする**ってことだ。

だから、このバッジをつけている人《ひと》には、とくに用心《ようじん》しないといけないんだ。

あたしは、バーバルの話《はなし》にあいづちをうちながら、周《まわ》りを見回《みまわ》した。

これから働《はたら》く仕事場所《しごとばしょ》を、**オフィス**って呼《よ》ぶんだ。

いまいる部屋《へや》には、一人《ひとり》ひとりに机《つくえ》とパソコンが用意《ようい》されていて、壁《かべ》ぎわにはコピー機《き》や鍵《かぎ》つきの棚《たな》がならんでる。

この部屋《へや》以外《いがい》にも、会議室《かいぎしつ》や資料倉庫《しりょうそうこ》があって、オフィスはかなり**広《ひろ》い**。

広《ひろ》い窓《まど》から街《まち》を見《み》わたせる『スペード印《じるし》』の、マレーシア支部《しぶ》。

ここで、武器《ぶき》が売《う》れた数《かず》を計算《けいさん》したり、お客《きゃく》さんとやりとりをしたりするんだ。

社内《しゃない》の雰囲気《ふんいき》は明《あか》るくて、働《はたら》いてるメンバーもフレンドリーだけれど、すきがなく、どんなことにも手《て》をぬかない**するどさ**がある。

服装《ふくそう》はスーツだけど、ターバンやスカーフをしていたり、スカート丈《たけ》が長《なが》かったり、人《ひと》によってさまざまだ。世界中《せかいじゅう》から、**一流《いちりゅう》のメンバー**が集《あつ》められてるんだ。

――Ｎ《エヌ》、あとでオフィス全体《ぜんたい》を回《まわ》りなさい。あなたのコンタクトが映《うつ》した映像《えいぞう》を、スキャンして地図《ちず》をつくるわ――

――くれぐれも気《き》をつけろよ――

ピアスごしのシャルルとレオの声《こえ》に、気合《きあ》いをいれなおした。

あたしの見《み》た光景《こうけい》や聞《き》いた音《おと》は、データに残《のこ》るんだ。

それを、情報部《じょうほうぶ》やリーダーのレオが、必要《ひつよう》なときに確認《かくにん》するの。

プロ任務《ミッション》と同《おな》じで、任務《ミッション》に集中《しゅうちゅう》できるように、なるべくピアスごしに会話《かいわ》をしないようにしてるんだ。だから、返事《へんじ》もなるべくしない。

あたしは、きゅっとこぶしをにぎって、姿勢《しせい》を正《ただ》した。

今回《こんかい》の任務《ミッション》は、アースボールを盗《ぬす》みだすことだ。

そのために、まずは、アースボールがどこにあるのかを調《しら》べなくちゃいけない。

ドーリー・アーンとして、最高機密情報《トップ・シークレット》を調《しら》べられる場所《ばしょ》と、そこへの侵入方法《しんにゅうほうほう》を調《しら》べるのが、あたしの役割《やくわり》なんだ。

「八〇〇周年記念《しゅうねんきねん》パーティーでは、きみに企業展示《きぎょうてんじ》プロジェクトの担当《たんとう》をしてもらう」

バーバルにわたされたタブレットには、業務内容《ぎょうむないよう》がみっちり書《か》かれていた。

今回《こんかい》のパーティーには、たくさんのイベントがあるんだ。

その一つに、『スペード印《じるし》』とつながりのある会社《かいしゃ》が、屋台《やたい》みたいにテーブルをならべて、新《しん》商品《しょうひん》を紹介《しょうかい》する展示会《てんじかい》があるの。

あたしの仕事《しごと》は、展示《てんじ》をする会社《かいしゃ》が、どんなものを置《お》いて、どう紹介《しょうかい》するのかを聞《き》いて、資料《しりょう》にまとめたり、アドバイスをしたりするのが中心《ちゅうしん》だ。

「きみ以外《いがい》に、あと一名《めい》、新《しん》メンバーが加《くわ》わったんだ」

バーバルの言葉《ことば》に、あたしはゆっくりと息《いき》をすった。

このプロジェクトは、あたしをふくめて、三〇人《にん》でやっていくんだ。

そのメンバーについて、情報部《じょうほうぶ》が調《しら》べてくれていたんだけど。

新《しん》メンバーの情報《じょうほう》だけは、特定《とくてい》できなかったんだ。

どんな人物《じんぶつ》かもわからない。油断《ゆだん》は禁物《きんもつ》だ。

そのとき、部屋《へや》の入《い》り口《ぐち》から歩《ある》いてきた、灰色《はいいろ》の髪《かみ》の青年《せいねん》を見《み》て。

空気《くうき》がのどにつまった。

う、うそでしょ！

「本日《ほんじつ》より、プロジェクトに参加《さんか》する、**ヴェール・レ・ジャスティ**です」

あたしは、この人《ひと》に会《あ》ったことがある。

それも、二回《かい》も。

絶対《ぜったい》に忘《わす》れられない、灰色《はいいろ》のひとみを見上《みあ》げた。

この人《ひと》は、イギリスの大英博物館《だいえいはくぶつかん》で、爆発《ばくはつ》のあとにあたしを問《と》いつめて。

バッキンガム宮殿《きゅうでん》のそう動《どう》のなか、イェールから逃《に》げていたあたしを問《と》いつめた。

世界警察《せかいけいさつ》の一人《ひとり》だ。

「よろしく頼《たの》む。**ドーリー**」

心臓《しんぞう》が、口《くち》からとびだしそうだ。

CSCO《シーエスシーオー》の情報部《じょうほうぶ》が、ヴェールの情報《じょうほう》をつかめないのは当然《とうぜん》だった。

まさか、**世界警察《せかいけいさつ》が、同《おな》じ職場《しょくば》に来《く》るなんて！**

なんでここにいるの⁉

ヴェールは、あたしに気《き》づいてる様子《ようす》はない。

でも、警戒《けいかい》をしないと、これはヤバい。

あたしは、とび出《で》そうな心臓《しんぞう》をおしこんで、ニッと笑《わら》った。

「**よろしく、ヴェール**」

ふるえないように、ギュッと力《ちから》をこめて握手《あくしゅ》をかわした。

ヴェールの手《て》は、剣《けん》をにぎる人《ひと》にできやすいマメのある、かたい手《て》だった。

「これで、メンバーはそろったね。そこで、ビッグニュースだ！　今日《きょう》はなんと！　大物《おおもの》が視察《しさつ》に来《こ》られるんだ！」

期待《きたい》に両《りょう》こぶしをにぎったバーバルが、ワントーン高《たか》い声《こえ》で言《い》った。

世界警察《せかいけいさつ》のヴェール以上《いじょう》に、あたしの鼓動《こどう》を激《はげ》しくさせる大物《おおもの》がいるわけない。

「お、ちょうどいらした！」

オフィスのくもりガラスの扉《とびら》がひらく。

二人《ふたり》の社員《しゃいん》に案内《あんない》されて、堂々《どうどう》とオフィスに入《はい》ってきたのは——

な、な、**なんであいつが来《く》るの!?**

「あの『ダイア印《じるし》』の【ディアモンド】の最高責任者《CEO》、**ティル・ゴールドさん**だ」

……ああ、現実《げんじつ》は無情《むじょう》だ。

照明《しょうめい》の光《ひかり》が、その金髪《きんぱつ》をきらめかせ。

ティルが歩《ある》くたびに、甘《あま》いバラの香《かお》りがたつ。

大人《おとな》っぽく変装《へんそう》しているティルに。

この場《ば》にいる全《すべ》ての社員《しゃいん》が立《た》ち上《あ》がり、ほれぼれしながら頭《あたま》を下《さ》げた。

「はじめまして！　この支部《しぶ》の責任者《せきにんしゃ》を務《つと》めるバーバルと申《もう》します。わたしは、【ディアモンド】の大《だい》ファンで、最高責任者《CEO》に、お会《あ》いするのが夢《ゆめ》でした！」

名刺《めいし》をわたしながら語《かた》るバーバルのひとみは、星《ほし》みたいにキラキラしてる。

「ふふ、うれしいです。本日《ほんじつ》は、どうぞよろしくお願《ねが》いしますね」

やわらかい笑《え》みをうかべるティル。

その胸元《むなもと》には、**【ディアモンドCEO《シーイーオー》】**のバッジがついていた。

ティルを目《め》にやきつけたあと、バーバルは親指《おやゆび》であたしたちをさし示《しめ》した。

マレーシアでは、ひとさし指《ゆび》を人《ひと》に向《む》けるのが、失礼《しつれい》にあたるんだ。

「こちらが企業展示《きぎょうてんじ》プロジェクトの**新《しん》メンバー**です。他社《たしゃ》からスカウトした**優秀《ゆうしゅう》な人材《じんざい》**です」

ティルがこっちを向《む》いて、まばたきをするほどのかすかな時間《じかん》、かたまった。

でも、その顔《かお》は一瞬《いっしゅん》で、カンペキな――あたしにとってはウソクサイ――笑顔《えがお》に変《か》わった。

「ドーリー・アーンです」

あたしは、なんとか顔《かお》をこわばらせないで、手《て》をさしだした。

「はじめまして、ドーリー」

とてつもなく長《なが》く、力強《ちからづよ》い握手《あくしゅ》に。

あたしたちの手《て》のこうには、すじがういてる。

「「なんでここにいるんだよ」」って言葉《ことば》が。

目《め》にも手《て》にも、にじみでていた。

こうして、プロ試験《しけん》は、無情《むじょう》にも波乱《はらん》の幕開《まくあ》けになった。

4．CEO《シーイーオー》と倉庫《そうこ》で密談《みつだん》を

「じゃあ、午前《ごぜん》はこれくらいにしよう。いったん休憩《きゅうけい》だ」
オフィスを案内《あんない》されたあと、やっと昼休《ひるやす》みがはじまった。
最悪《さいあく》なメンバーの登場《とうじょう》に、叫《さけ》ばなかった自分《じぶん》をほめたいよ。
思《おも》いもよらない場所《ばしょ》で、知《し》った顔《かお》に出会《であ》うっていうのは、体力《たいりょく》を使《つか》うんだ。
会《あ》いたくない相手《あいて》だと、とくに。
でも、そんな中《なか》でも、かなり重要《じゅうよう》な情報《じょうほう》をゲットできた。
なんと！　最高機密情報《トップ・シークレット》をあつかう場所《ばしょ》がわかったんだ！
それは、オフィスの南側《みなみがわ》にある、**セキュリティルーム**。
アースボールの情報《じょうほう》があるとすれば、そのルームにあるコンピューターのなかだ。
セキュリティルームに入《はい》るためには、必要《ひつよう》なものが二つある。
一つ目《め》は、**バーバルの指《し》もん**（指《ゆび》の模様《もよう》）データ。

二つ目《め》は、バーバルが持《も》ってる**特別《とくべつ》なカード**。

この二つを使《つか》って侵入《しんにゅう》した先《さき》にも、部屋《へや》には超《ちょう》ハイレベルな防犯対策《ぼうはんたいさく》が待《ま》ってるんだ。

でも、**あたしたちならきっと突破《とっぱ》できるはず！**

ここまでわかったんだから、たとえ世界警察《せかいけいさつ》がいようとも、潜入調査《せんにゅうちょうさ》をしてよかった。

「ふぅ〜いっぱいがんばった！」

休《やす》み時間《じかん》は、一人《ひとり》で情報《じょうほう》をまとめたいから。

食堂《しょくどう》にも、下《した》の階《かい》の飲食店《いんしょくてん》にも行《い》かないで、あたしは、休《きゅう》けい室《しつ》に向《む》かって、人通《ひとどお》りの少《すく》ないオフィスの廊下《ろうか》を進《すす》んだ。そのとき――

ぐいっ

「ぎゃ！」

突然《とつぜん》、真横《まよこ》で開《あ》いたドアから、手《て》がのびてきて、腕《うで》を引《ひ》っぱられた。

バタンッ　背後《はいご》でドアが閉《し》まって。

気《き》づいたら、あたしは資料倉庫《しりょうそうこ》のなかにいた。

ファイルだらけの棚《たな》に引《ひ》っぱってきた張本人《ちょうほんにん》はいま、腕《うで》を組《く》んで、あたしを見下《みお》ろしてる。

「ちょっと、**ティル！**　なにするの⁉」

ティルの顔《かお》には、さっきまでぬりたくってた天使《てんし》のような笑《え》みは、ひと欠片《かけら》もない。

あるのは、何度《なんど》も見《み》たことがある、いらだちとあきれのこもった仏頂面《ぶっちょうづら》だ。

「なんできみが『スペ《こ》ード印《こ》』にいるんだい？」

ティルの表情《ひょうじょう》も、見下《みお》ろされるのも気《き》に入《い》らないから。

ぐいっとそのネクタイを引《ひ》っぱって、金色《きんいろ》のひとみを真正面《ましょうめん》から見返《みかえ》してやった。

「ティルこそ！　【ディアモンド】の最高責任者《CEO》なんて、**なんのジョーダン？**　今度《こんど》は、そんなお偉《えら》いさんに変装《へんそう》して、何《なに》をたくらんでるの？」

ティルはあたしの手《て》をはらってネクタイをもどすと、長《なが》いため息《いき》をついた。

なに？　と、腕《うで》を組《く》んで、ティルをにらみ上《あ》げる。

「変装《へんそう》じゃない。これがわたしの**本来《ほんらい》の仕事《しごと》**だ」

「……え？」

「わたしは、家業《かぎょう》を継《つ》いだんだ」

「えっと、そうなんだ。ふぇー……あ、だから、イギリスの【ディアモンド・コレクション】のハロウィンパーティーにいたのか！」

めんどうくさそうに、首《くび》をたてにふるティル。あたしへの態度《たいど》が失礼《しつれい》のかたまりだ。

「じゃあ、ティルは、本当《ほんとう》に仕事《しごと》でここに来《き》たの？」

口《くち》をあけたまま見上《みあ》げれば、ティルはあきれた顔《かお》をする。

「きみに言《い》っても理解《りかい》できないだろうけど、きみのピアスごしにレオもいるんだろう？　わたしの目的《もくてき》をじゃまされたくないから、彼《かれ》が聞《き》いてると思《おも》って話《はな》すよ」

「あんたって、本当《ほんとう》にムカつくね」

「同《おな》じ言葉《ことば》をきみに返《かえ》そう」

——N《エヌ》、静《しず》かにしろ。ティルの目的《もくてき》を聞《き》くのが最重要《さいじゅうよう》だ——

レオの声《こえ》に、ムッとほっぺがふくらんだけど、あたしはしぶしぶ口《くち》を閉《と》じた。

「仕事《しごと》もあるけれど。わたしがここに来《き》た目的《もくてき》は、Re：Start《リスタート》の情報《じょうほう》を集《あつ》めるためだ」

「え？」

予想外《よそうがい》の言葉《ことば》に、思考《しこう》がとまった。

「Re：Start《リスタート》が世界《せかい》を終《お》わらせるために、BS《ビーエス》を捕《つか》まえていることは知《し》っているね？」

あたしは、日本《にほん》でウロボロスマークの忍者《にんじゃ》が、襲《おそ》ってきたことを思《おも》い出《だ》して、うなずいた。

「わたしは、Re：Start《リスタート》を止《と》める方法《ほうほう》を探《さが》しているんだ」

「Re：Start《リスタート》を止《と》める？　そんなことができるの？」

ティルの表情《ひょうじょう》は真剣《しんけん》だ。うそをついているようには見《み》えない。

「その質問《しつもん》に答《こた》えるまえに、わたしの質問《しつもん》にも答《こた》えてもらおう。きみは、何《なん》でここにいるんだい？　わたしだけ話《はな》すのはフェアじゃないだろう？」

「う……言《い》えない」

プロ試験《しけん》や、任務《ミッション》にかかわる情報《じょうほう》は極秘《ごくひ》なんだ。

「おおかた、**ＣＳＣＯ**《シーエスシーオー》の任務《ミッション》だろう？　きみの学年《がくねん》と時期《じき》を考《かんが》えると、プロ試験《しけん》ってところかな？」

「……あんた、わかってて聞《き》いたでしょ」

肩《かた》をすくめるティル。ダンッ　足《あし》をふもうとしてもよけられる。

「プロジェクトの参加《さんか》が、任務《ミッション》ではないだろう？　潜入調査《せんにゅうちょうさ》をすることで、最高機密情報《トップ・シークレット》でも盗《と》りにきたんだろう？　**きみの聡明《そうめい》さの欠片《かけら》もない顔《かお》を見《み》れば、だいたいわかる**」

ダンダンッ　何度《なんど》ふんづけようとしても、ティルの革靴《かわぐつ》がふめないのがムカつく。

「きみとタップダンスをするために、倉庫《そうこ》につれてきたんじゃないよ」

やけになって足《あし》をふみこんでたあたしに、ティルは深《ふか》いため息《いき》をついた。

「それに、**きみがこのＲｅ：Ｓｔａｒｔ《リスタート》の会社《かいしゃ》にいること自体《じたい》がおかしいんだ。**獲物《えもの》がわざわざ敵《てき》の組織《そしき》のなかに入《はい》るなんて、**愚《おろ》か**としか思《おも》えない」

「愚《おろ》かってゆうな！」

「とにかく、きみは**狙《ねら》われてる**。それをきもに命《めい》じて行動《こうどう》してくれ」

そしてティルは、何《なに》かを心《こころ》に決《き》めたように、髪《かみ》を耳《みみ》にかけると言《い》った。

「きみに伝《つた》えておくことがある。わたしは、**ウロボロスのバッジを持《も》っているんだ**」

ティルが【ディアモンドＣＥＯ《シーイーオー》】と書《か》かれたバッジをひっくり返《かえ》すと、そこには。

ウロボロスマークが彫《ほ》られていた。バーバルがつけていたバッジと同《おな》じだ。

「え!?　ティルも持《も》ってるの!?　**敵《てき》じゃん！**」

あたしは、パッと、ティルからはなれて構《かま》えた。

ティルは、サッと、めんどうくさいって顔《かお》をした。

「さっきも言《い》っただろう。わたしはＲｅ《リ》：Ｓｔａｒｔ《スタート》の情報《じょうほう》を集《あつ》めている。そして、**このバッジをつければ、組織《そしき》の情報《じょうほう》が手《て》に入《はい》る**」

「……つまり、ティルは情報収集《じょうほうしゅうしゅう》のために、Ｒｅ《リ》：Ｓｔａｒｔ《スタート》に、忠誠《ちゅうせい》を誓《ちか》ったってこと？」

「そうだ。忠誠《ちゅうせい》を誓《ちか》ったわたしの命《いのち》は、Ｒｅ《リ》：Ｓｔａｒｔ《スタート》のトップと、その仲間《なかま》の【蛇《へび》】のトップのメイスがにぎっているようなものだ。**わたしは、二人《ふたり》にさからえないんだ**」

ティルは、そんな危険《きけん》をおかしてまで情報《じょうほう》を集《あつ》めようとしてるんだ。本気《ほんき》なんだ。

「……そっか。でも、忠誠《ちゅうせい》を誓《ちか》ってるのに、スパイのあたしと話《はな》しててもいいの？」

「ああ。わたしは、呪《のろ》いで管理《かんり》されているわけではないから、ぬけ道《みち》はあるんだ」

そう言《い》ったティルは、構《かま》えをといたあたしを見《み》つめた。

「ナノ、わたしたちは協力《きょうりょく》できると思《おも》わないかい？」

「協力《きょうりょく》？」

「わたしもきみたちも、Re：Start《リスタート》を止《と》めた方《ほう》が、**メリット**が大《おお》きい」

その言葉《ことば》に、ティルの言《い》いたいことがなんとなくわかってきて、鼓動《こどう》が速《はや》くなっていく。

「きみたちのプロ試験《しけん》のサポートをするかわりに、きみたちが得《え》た情報《じょうほう》を**共有**《きょうゆう》してほしい。BS《ビーエス》の暗号《あんごう》をふくめて」

暗号《あんごう》。きっと、それが目的《もくてき》だ。

ふいに、マキが見《み》つけた、マレーシアの穴《あな》の話《はなし》を思《おも》い出《だ》した。

同時《どうじ》に、ヴェネツィアで、暗号《あんごう》を集《あつ》めていたルシィルが、ティルの協力《きょうりょく》を拒否《きょひ》したことも。

「ティルは、まだ暗号《あんごう》を集《あつ》めてるの？」

「いや、いまはその反対《はんたい》だ。この世《よ》にある暗号《あんごう》を、**壊そう**《こわ》と思《おも》っている」

「え、**ん？**　壊《こわ》すってどういうこと？」

「これ以上《いじょう》は、協力者《きょうりょくしゃ》でない者《もの》には話《はな》せないね」

いやみばっかりこめてくるから、ティル・ゴールドじゃなくて、ティル・イーヤミだ。

「それに、きみも気《き》づいているだろう？　**世界警察**《せかいけいさつ》の**ヴェール**がいることに」

「ティルも気《き》づいてたの？」

「ああ、ギリシャで一度《ど》、追《お》いつめられたことがある。彼《かれ》のＢＳ《ビーエス》に対《たい》する執念《しゅうねん》は、他《ほか》の世界警察《せかいけいさつ》とは比《くら》べものにならない。警戒《けいかい》したほうがいい」

ティルがあたしをまっすぐ見《み》つめた。

「そんな**要注意人物**《ようちゅういじんぶつ》がいるなかで、任務《ミッション》を遂行《すいこう》するなら、**協力者**《きょうりょくしゃ》がいた方《ほう》が良《い》いと思《おも》わないかい？」

――ナノ、悪《わる》くない条件《じょうけん》だと思《おも》うわ。それに、彼《かれ》の暗号《あんごう》を壊《こわ》すって言葉《ことば》も気《き》になるわ――

――ティルも危《あぶ》ない橋《はし》をわたってる。ここで敵対《てきたい》するよりは、協力《きょうりょく》したほうがいいだろう――

――ナハハッ　協力《きょうりょく》すれば？――

シャルルとレオとマキの言葉《ことば》に、あたしの口《くち》は、どんどんとがっていく。

「……わかったよ。ティルに**協力**《きょうりょく》する。その代《か》わり、絶対《ぜったい》に裏切《うらぎ》らないでよ」

「きみが、とんでもないヘマをしない限《かぎ》りはね」

ティルが手《て》をさしだす。

あたしは、顔《かお》をくしゃくしゃにしかめながら、二度目《どめ》の握手《あくしゅ》をした。

「交渉成立《こうしょうせいりつ》だ」

ガチャッ　突然《とつぜん》、倉庫《そうこ》のドアが開《あ》いた。

ぐいっ　ティルがあたしの肩《かた》を引《ひ》きよせて、真上《まうえ》にある資料《しりょう》のファイルをとった。

「はい。これが、きみのとりたかった資料《しりょう》だろう？」

入《はい》ってきた社員《しゃいん》に聞《き》こえるように言《い》ったティルが、あたしにファイルをおしつけてきた。

「アリガトウゴザイマス」

肩《かた》にのったティルの手《て》を全力《ぜんりょく》ではがしながら、ファイルを受《う》けとったあたしは、ついでに足元《あしもと》の革靴《かわぐつ》をふむ。

ざんねんながら、これもティルにはよけられた。

ティルは、入《はい》ってきた社員《しゃいん》にほほ笑《え》んで、さっさと出《で》ていった。

「きみ、ティルさんにファイルをとらせるなんて、**失礼《しつれい》**だよ。次《つぎ》からは気《き》をつけなよ」

社員《しゃいん》に言《い》われた言葉《ことば》に、開《あ》いた口《くち》がふさがらなかった。

「ティルさんのとってくれた資料《しりょう》、**ぜんぜんちがうのでした！**」

ぐいっとファイルをもどして、あたしは肩《かた》をいからせて倉庫《そうこ》を出《で》た。

5. 夜《よる》の緊急《きんきゅう》作戦《さくせん》会議《かいぎ》！

「ねえ！　**世界警察《せかいけいさつ》のヴェール**に、**ティルまでいたよ!?**」

任務開始《ミッションかいし》、一日目《にちめ》の夜《よる》。

緊急《きんきゅう》の作戦会議《さくせんかいぎ》は、あるマンションの一室《いっしつ》でひらかれた。

このマンションは、仕事場《しごとば》のツインタワーから、数《すう》キロはなれた場所《ばしょ》にある。

ここに**チーム：レオ**の一〇人《にん》で、一緒《いっしょ》に住《す》んでるんだ。

テーブルにつっぷすあたしの背中《せなか》を、レオがぽんっとたたいた。

「作戦会議《さくせんかいぎ》の前《まえ》に、あらためて**自己紹介**《じこしょうかい》と、得意分野《とくいぶんや》の確認《かくにん》をしておこう」

レオの言葉《ことば》に、あたしは背《せ》すじをのばして、テーブルを囲《かこ》むメンバーを見回《みまわ》した。

「まずはおれから。戦略部《せんりゃくぶ》の、リーダーを務《つと》める**レオ**だ。戦略《せんりゃく》をたてて、指揮《しき》をとるのが得意《とくい》だ」

レオが、まずは戦闘部《せんとうぶ》から、と言《い》ってとなりのあたしを見《み》た。

「あたしは**ナノ**！　戦《たたか》うのが得意《とくい》だよ。潜入調査《せんにゅうちょうさ》をするプロスパイにあこがれてるんだ！」

「おいらは、**タロ**だよ。長距離射撃《ちょうきょりしゃげき》が得意《とくい》なんだぁ」

のんびりと話《はな》すタロは、レオの相部屋《あいべや》の一人《ひとり》で、学園一《がくえんいち》のスナイパーって言《い》われてるんだ。

「あたいは、**ペッパー**。尾行《びこう》をしたり、こっそり調査《ちょうさ》をしたりするのが得意《とくい》さ」

気配《けはい》を消《け》すのがうまいペッパーの声《こえ》は、針《はり》を落《お》としたような小《ちい》ささだ。

「わたしは情報部《じょうほうぶ》の**シャルル**。ハッキングや、情《じょう》報《ほう》を守《まも》ったり改《かい》ざんしたりするのが得意《とくい》よ」

髪《かみ》をうしろにはらいながら、シャルルが言《い》った。

「おれは、**さとる**。ＡＩ《エーアイ》の専門家《せんもんか》だ。独自《どくじ》のＡＩ《エーアイ》『さくら』を開発《かいはつ》して、いろんな実験《じっけん》をしてる」

レオの相部屋《あいべや》の、さとるのパソコンには桜《さくら》と幾《き》何学模様《かがくもよう》の『さくら』が映《うつ》ってる。

「ぼくは**一条**《いちじょう》！　暗号《あんごう》の解読《かいどく》をしたり、交渉術《こうしょうじゅつ》で

情報《じょうほう》を収集《しゅうしゅう》するのが得意《とくい》なんだ」

忍者郵便部《にんじゃゆうびんぶ》の一条《いちじょう》が、胸《むね》をはって言《い》う。

「うちはアイテム部《ぶ》のマキ。なんでもつくるのが好《す》きなんよ」

マキの手元《てもと》には、ドライバーと見知《みし》らぬ金属《きんぞく》があふれてる。

「「わたしたちは、シナモンとカルダモンだよ。人間《にんげん》の皮《ひ》ふや目《め》を研究《けんきゅう》して、変装用《へんそうよう》の人工《じんこう》の皮《ひ》ふとか目《め》に関《かん》するアイテムをつくってるの」」

息《いき》ぴったりの二人《ふたり》は、ニーッと笑《わら》い合《あ》った。

「いまから、今後《こんご》の流《なが》れを確認《かくにん》しよう。おれたちの任務《ミッション》は、アースボールを盗《ぬす》みだすことだ」

レオが、ホログラムで一〇人《にん》のアイコンをうかばせた。

「アースボールの場所《ばしょ》を特定《とくてい》するために、現在《げんざい》、ナノが『スペード印《じるし》』で潜入調査《せんにゅうちょうさ》をしている」

あたしのアイコンが、ツインタワーのオフィスに入《はい》っていく。

「今日《きょう》、セキュリティルームのコンピューターで、最高機密情報《トップ・シークレット》をゲットできることがわかった」

オフィスの地図《ちず》が、うかびあがった。

「これから一週間以内《しゅうかんいない》に、セキュリティルームに侵入《しんにゅう》し、アースボールの情報《じょうほう》を盗《ぬす》もう！」

あたしたちは顔《かお》を見合《みあ》わせてうなずいた。

「セキュリティルームに入《はい》るためには、バーバルがもってるカードが必要《ひつよう》なんだよな？　あたいは、バーバルを尾行《びこう》して、カードをスキャンするチャンスを探《さぐ》ってみるよ」

ささやくような静《しず》かな声《こえ》で、ペッパーが言《い》った。

「あたしも、カードをスキャンする機会《きかい》を探《さが》しながら、バーバルの指《し》もんをゲットするね！」

バーバルは用心深《ようじんぶか》いから、あやしまれないようにがんばるぞ！

「ぼくは、ツインタワーに忍《しの》びこむ方法《ほうほう》を調《しら》べるぞ！　それから、ルームのコンピューターは、毎日《まいにち》パスワードが変《か》わるらしいから、その解析《かいせき》もするぞ！」

一条《いちじょう》にあいづちをうちながら、シャルルがさとると目《め》を合《あ》わせた。

「わたしとさとるは、ルームのセキュリティシステムについて、くわしく調《しら》べるわ」

「おいらは、ツインタワーを狙《ねら》いやすい場所《ばしょ》を見《み》つけておくね」

タロは目《め》を細《ほそ》めて、マレーシアの地図《ちず》をながめた。

「うちらは、いろいろ作《つく》るんよ」

目《め》をギラギラさせてる、マキたちアイテム部《ぶ》。

「今回《こんかい》、【ディアモンド】の最高責任者《CEO》のティルが**協力者《きょうりょくしゃ》**になった。でも、100%《パーセント》信用《しんよう》できる人間《にんげん》じゃない。なるべく彼《かれ》をたよらないでいこう」

それから、と、レオは言葉《ことば》をつづけた。

「潜入先《せんにゅうさき》に、**世界警察《せかいけいさつ》のヴェール**もいた。情報《じょうほう》によると、世界警察《せかいけいさつ》も、危険《きけん》なアースボールを狙《ねら》っているらしい」

だから、会社《かいしゃ》にヴェールがいたんだ！

「これから、世界警察《せかいけいさつ》に気《き》をつけながら任務《ミッション》を進《すす》めていこう！　**一発合格《いっぱつごうかく》するぞ！**」

「「「「「「「「おー！」」」」」」」」

6．ラブストーリーはとうとつに

マレーシア〈6月5日《がついつか》　PM《ピーエム》8：00〉

「これにて、本日《ほんじつ》の会議《かいぎ》を終《お》わります。ありがとうございました」

今日《きょう》は、企業展示《きぎょうてんじ》プロジェクトに参加《さんか》する会社《かいしゃ》にやって来《き》て。

どうやって新商品《しんしょうひん》をお客《きゃく》さんに紹介《しょうかい》するかを、話《はな》し合《あ》ったんだ。

会議室《かいぎしつ》から出《で》ていくバーバルを呼《よ》び止《と》めて、あたしは**資料**《しりょう》をわたした。

「ドーリー、この内容《ないよう》でOK《オーケー》だよ。次《つぎ》の会議《かいぎ》もよろしく頼《たの》むね」

バーバルに返《かえ》してもらった資料《しりょう》の紙《かみ》は、少《すこ》しだけぶあつい。

実《じつ》は、指《ゆび》の模様《もよう》を一瞬《いっしゅん》でコピーできる、**スキャンペーパー**なんだ。

――バーバルの指《し》もんのスキャン成功《せいこう》。N《エヌ》、よくやった――

任務《ミッション》は順調《じゅんちょう》！　このままいけば、きっとうまくいくぞ！

はな歌《うた》をうたいながら、会議室《かいぎしつ》を出《で》れば。

ザーザーザーッ　どしゃぶりの雨《あめ》が降《ふ》っていた。

マレーシアは**常夏**《とこなつ》といって、一年《いちねん》の季節《きせつ》がずっと夏《なつ》なんだ。

そのなかで、雨《あめ》がよく降《ふ》る**雨季**《うき》と、雨《あめ》があまり降《ふ》らない**乾季**《かんき》に分《わ》かれてるの。

いまは乾季《かんき》なのに、この四日間《よっかかん》、一度《いちど》も止《や》むことのない大雨《おおあめ》がつづいてるんだ。

美《うつく》しい街並《まちな》みが、いまは雨《あめ》でよく見《み》えない。

異常《いじょう》**な天気**《てんき》になってるのは、マレーシアだけじゃない。

いま全世界《ぜんせかい》で、地球温暖化《ちきゅうおんだんか》によって、ひどい暑《あつ》さや寒《さむ》さ、巨大《きょだい》な台風《たいふう》や、豪雨《ごうう》がおきたり、土地《とち》が干上《ひあ》がって、食料《しょくりょう》がなくなったりする危機《きき》が起《お》きつづけてる。海面《かいめん》が上《あ》がって、水没《すいぼつ》しはじめてる場所《ばしょ》もあるんだ。

そんな危機《きき》が、毎日《まいにち》どこかで起《お》きていて、その被害《ひがい》をうけた人《ひと》たちへの対応《たいおう》が、間《ま》に合《あ》わなくなってる。

いま、**世界**《せかい》**がおかしくなってるんだ。**

夕日《ゆうひ》をかくす灰色《はいいろ》の空《そら》から、弾丸《だんがん》のような雨《あま》つぶが落《お》ちてくる。

あたしはオレンジ色《いろ》の傘《かさ》をさしながら、タクシーを呼《よ》ぶために、大《おお》きな道路《どうろ》へ向《む》かった。

そして、ゆっくりと息《いき》をすって、はいた。

まただ。また、見《み》られてる。

スパイとして訓練《くんれん》をしていなかったら、気《き》づけないほどのかすかな視線《しせん》。

振《ふ》り返《かえ》ることはしない。

相手《あいて》が——世界警察《せかいけいさつ》のヴェールだって、わかってるから。

ティルに聞《き》いた話《はなし》によると、ヴェールには、二つの目的《もくてき》があるらしい。

一つ目《め》は、アースボールを手《て》に入《い》れること。

二つ目《め》は、エメラルドのBS《ビーエス》を捕《つか》まえること。

そして、ヴェールは、あたしくらいの背格好《せかっこう》の女性《じょせい》を、よく監視《かんし》している。

たぶん、あたしは疑《うたが》われてる。

「ティルさん、アドバイザーになってくださって、本当《ほんとう》にありがとうございました！」

道《みち》の先《さき》で、バーバルが何度《なんど》もお礼《れい》を言《い》って、車《くるま》で帰《かえ》っていくのが見《み》えた。

そう。ティルは、あたしと協力《きょうりょく》すると決《き》めた日《ひ》から。

あたしの参加《さんか》してる、企業展示《きぎょうてんじ》プロジェクトのアドバイザーになったんだ。

ティルはこれから、とくにあたしにつきそって、会議《かいぎ》に参加《さんか》したり、資料《しりょう》の確認《かくにん》をしたりして、
アドバイスをくれることになったんだ。

バーバルが去《さ》っていくのをながめるティルは、金枠《きんわく》の白《しろ》い大《おお》きな傘《かさ》をさしている。

ティルは、早朝《そうちょう》から働《はたら》きづめだったみたいで、めずらしく、ちょっとつかれてるように見《み》えた。

そんなティルを横目《よこめ》に、あたしはタクシーを呼《よ》ぶアプリを操作《そうさ》した。

「**ティルさん**、すみません。少《すこ》しお話《はな》しできませんか？」

そう声《こえ》をかけたのは、ヴェールだった。

灰色《はいいろ》の傘《かさ》をさしたヴェールには、絶対《ぜったい》にＮＯ《ノー》と言《い》わせないような気迫《きはく》がある。

ティルはあたしをチラッと見《み》た。その眼《め》には「めんどうくさい」って感情《かんじょう》がうかんでる。

もちろん、あたしは、さっさと先《さき》に帰《かえ》ってやる。

「少《すこ》しなら大丈夫《だいじょうぶ》ですよ。ですが、もう夜《よる》もおそいですし、わたしは彼女《かのじょ》を送《おく》り届《とど》けたいので、手短《てみじか》にたのみますね」

ほほ笑《え》んだティルは、スムーズにあたしのそばによって、肩《かた》に手《て》をおいてきた。

あたしを**道連《みちづ》れ**にするっていう、意地《いじ》の悪《わる》い行動《こうどう》にでたんだ。

「あ、ティル、おかまいなく」

手《て》を横《よこ》にふったあたしに、ティルは笑《え》みを深《ふか》めた。

その眼《め》が**「話《はなし》を合《あ》わせろ」**と言《い》ってる。

肩《かた》に手《て》をまわしてきたティルが、白《しろ》い大《おお》きな傘《かさ》のなかに、あたしを引《ひ》き入《い》れた。

あたしは、しぶしぶ自分《じぶん》の傘《かさ》を閉《と》じる。

ヴェールは、ちょっとおどろいたように、眉《まゆ》を上《あ》げた。

「単純《たんじゅん》な質問《しつもん》です。なぜ、ファッションをあつかう【ディアモンド】の最高責任者《CEO》のあなたが、武器《ぶき》をあつかう『スペード印《じるし》』の視察《しさつ》に来《き》たのですか？」

「パーティーの衣装《いしょう》を【ディアモンド】が担当《たんとう》するんです。だから、様子《ようす》を見《み》たかったんですよ」

「なるほど。では、最後《さいご》の質問《しつもん》です。なぜあなたほどの人《ひと》が、我々《われわれ》のプロジェクトのアドバイザーを務《つと》めるのですか？」

たしかに。ティルって『ダイア印《じるし》』を代表《だいひょう》する大《おお》きな会社《かいしゃ》のトップだ。

六〇万人《まんにん》くらいの社員《しゃいん》をまとめてる、超偉《ちょうえら》い人《ひと》なんだ。

そんなティルが、三〇人《にん》でやっているプロジェクトのアドバイザーになって、こんな夜《よる》の会議《かいぎ》にまで参加《さんか》してるなんて、たしかに不思議《ふしぎ》に思《おも》うよね。

「わたしにも、いろいろな立場《たちば》があるんです。簡単《かんたん》に説明《せつめい》できないほどには」

ヴェールのぜんぜん納得《なっとく》していない表情《ひょうじょう》を見《み》て。

ティルは、あたしをぐいっと引《ひ》きよせた。

「ヴェールさん、**そろそろいいですか？**」

ティルが親《した》し気《げ》に、あたしにそっと首《くび》をかたむける。

金色《きんいろ》の髪《かみ》が、さらっとあたしのほっぺにかかって、くすぐったい。

「このあと**彼女《かのじょ》と、ディナーに行《い》く予定《よてい》なんです**」

は？

「そうなのですか？　なるほど……二人《ふたり》は、**恋人《こいびと》**だったのですね」

もちろんちがう。

でも、あたしの肩《かた》をつかむティルの手《て》から**「話《はなし》を合《あ》わせろ」**っていうものすごい圧《あつ》がかかってきて、あたしはニコリとするしかない。

ヴェールは、口《くち》では納得《なっとく》したように返《かえ》してるけど。

なんで、ドーリーとつきあっているんだ？　っていう目《め》で、あたしを穴《あな》が開《あ》くほど見《み》てる。

「だから視察《しさつ》だけで終《お》わらせず、アドバイザーにまでなったのですね。デートのじゃまをして申《もう》しわけありませんでした」

ヴェールはそう言《い》うと、サッときびすをかえして去《さ》っていった。

「ねえ、**さっきのジョークはなに？**」

ティルは、タイミングよくやってきたタクシーに入《はい》ると。

となりに座《すわ》ったあたしを見《み》て、ひたいに手《て》をあてて、心底《しんそこ》めんどくさそうに言《い》った。

「スパイも変装《へんそう》して潜入《せんにゅう》するときに、**恋愛関係《れんあいかんけい》**っていう単純《たんじゅん》な設定《せってい》をよく使《つか》うだろう？」

ティルは深《ふか》いふかいため息《いき》をついた。

「でも、言《い》いわけを考《かんが》えるのがめんどうくさかったからとはいえ、うそでもきみが恋人《こいびと》という設《せっ》定《てい》に、**想像以上《そうぞういじょう》に自分《じぶん》でダメージを受《う》けた。**すでに後悔《こうかい》している」

あたしは、失礼《しつれい》なティルの足《あし》をふむ使命《しめい》を思《おも》い出《だ》した。ティルは、サッとよける。

「きみは、大人《おとな》しく隠《かく》れているべきだったのに……まあでも、きみが隠《かく》れていたとしても、Re：Start《リスタート》は、きみを見《み》つけたかもしれないか」

とうとつにつぶやいたティルは、目線《めせん》を下《さ》げてシートに深《ふか》くもたれた。

「いやいや、CSCO《シーエスシーオー》の学園《がくえん》の場所《ばしょ》は、だれにもバレないよ！」

「……きみは、Re：Start《リスタート》を甘《あま》く見《み》すぎてる。トップの**カフ**は、BS《ビーエス》なんだ。彼《かれ》は、**未来《みらい》を見《み》ることができる**」

「え！　そんな能力《のうりょく》をもってるの⁉」

「ああ。彼《かれ》は、**理想通《りそうどお》りの未来《みらい》**が見《み》えているから、手荒《てあら》なまねをしないだけ。もしきみが学園《がくえん》に隠《かく》れる未来《みらい》が見《み》えていたら、どんな手《て》をつかってでも、学園《がくえん》を襲《おそ》っていただろう」

雨《あめ》でぬれた足元《あしもと》が、急《きゅう》に冷《つめ》たく感《かん》じた。

「彼《かれ》の見《み》る未来《みらい》は、ほぼ100％《パーセント》、確実《かくじつ》に起《お》きる。……けれど、彼《かれ》の能力《のうりょく》には、条件《じょうけん》があるらしい。一つは、一定《いってい》の期間《きかん》に一人《ひとり》の未来《みらい》しか見《み》られないこと。もう一つは、その人物《じんぶつ》の本当《ほんとう》の名前《なまえ》を知《し》っていること。彼《かれ》はいま、きみの未来《みらい》を見《み》ている」

「え！　あたしの未来《みらい》を見《み》てるの⁉」

「ああ。だから、カフは、きみときみに直近《ちょっきん》で関《かか》わったBS《ビーエス》のことを知《し》っている。逆《ぎゃく》に、きみに関《かか》わっていないBS《ビーエス》は、カフの能力《のうりょく》の範囲外《はんいがい》だから、組織全体《そしきぜんたい》で捜《さが》しているんだ」

その言葉《ことば》に、ふいに、ニムのことが頭《あたま》をよぎった。

「……あれ？　ティルが裏切《うらぎ》ってること、バレちゃうんじゃない？」

「カフは、全《すべ》てを見《み》ているわけじゃない。一部《いちぶ》をきりとったような、断片的《だんぺんてき》な未来《みらい》を見《み》てるんだ」

「それでも、いまを見《み》てるかもしれないよ。ティルは、かなり危険《きけん》な賭《か》けをしてくれてるんだね」

肩《かた》をすくめたティルは、きみのためじゃないよ、と一言《ひとこと》よけいなことを言《い》う。

「とにかく、彼《かれ》は、本当《ほんとう》に危険《きけん》だ。気《き》をつけることだね」

あたしは、しっかりうなずいた。それはそれとして、靴《くつ》をふむ努力《どりょく》はおこたらなかった。

「『『ナノ、おかえり』』」

ティルとディナーをすることなく、マンションに帰《かえ》ったあたしを、レオたちがむかえてくれる。

潜入調査開始《せんにゅうちょうさかいし》から五日目《いつかめ》の今日《きょう》は、金曜日《きんようび》だ！

あたしたちは、マレーシアの屋台飯《やたいめし》で有名《ゆうめい》な、チキンライスや、サテーっていう串焼《くしや》きチキンを囲《かこ》んで、夕飯《ゆうはん》を食《た》べながら、それぞれに報告《ほうこく》をはじめた。

「屋台《やたい》のおばさんが、たーくさん情報《じょうほう》をくれたんだぞ！」

――ツインタワーのそうじ用《よう》の機械《きかい》が、こわれちゃったらしいのよ。修理《しゅうり》ができるまでは、人《ひと》の手《て》でそうじをするしかないみたいね――

と、一条《いちじょう》のレコーダーから、女性《じょせい》の声《こえ》が再生《さいせい》された。

「ぼくは窓《まど》そうじの業者《ぎょうしゃ》のメンバーになって、遠隔《えんかく》で窓《まど》を開《あ》けられるように仕掛《しか》けをするぞ！」

胸《むね》をはる一条《いちじょう》に、肩《かた》を下《さ》げたペッパーは、か細《ぼそ》い声《こえ》で言《い》った。

「あたいは、バーバルを尾行《びこう》してたんだけど、カードをスキャンするのは、むずかしそうだ」

そのとき、窓《まど》の外《そと》でパッときらめく雷《かみなり》とともに、あたしの頭《あたま》にパッと光《ひかり》がともった。

「あたし、ひらめいたよ！」

7. 誕生日《たんじょうび》おめでとう

マレーシア　〈6月6日《がつむいか》　AM《エーエム》9：00〉

「土曜日《どようび》もぉ〜お仕事《しごと》するよぉ〜がんばるよぉ〜」


そう、いま、あたしはオフィスにいる。

昨晩《さくばん》に緊急《きんきゅう》の電話《でんわ》がきて、土曜日《どようび》に資料《しりょう》をつくってほしい！　ってたのまれたんだ。

今日《きょう》は、バーバルがちがう階《かい》で仕事《しごと》をしているから、特別《とくべつ》にオフィスを開《あ》けてもらったの。

仕事《しごと》が終《お》わったら、バーバルに連絡《れんらく》を入《い》れる予定《よてい》なんだ。

今日《きょう》は、ここにいるメンバーが特定《とくてい》されているから、最高機密情報《トップ・シークレット》を盗《ぬす》むことはできない。

でも、からっぽのオフィスで、作戦《さくせん》の道順《みちじゅん》を確認《かくにん》できたから、結果《けっか》オーライだ！

窓《まど》に打《う》ちつける雨《あめ》が、静《しず》かなオフィスに、不規則《ふきそく》な音《おと》をひびかせる。

南国《なんごく》のマレーシアでは、雨《あめ》が急《きゅう》に降《ふ》るスコールっていう気象現象《きしょうげんしょう》がよく起《お》きるんだ。

いまは、五日間《いつかかん》も止《や》まない大雨《おおあめ》で、まるでずっとスコールがおきてるような状態《じょうたい》だ。

「きみの口《くち》は、閉《と》じることを知《し》らないのかい？　大《おお》がかりなプロジェクトなら、土曜日《どようび》に働《はたら》くことも、めずらしくないよ」

電話《でんわ》で呼《よ》び出《だ》されたのは、あたし一人《ひとり》なんだけど。

いま、となりには**ティル**がいる。

「ティル、手伝《てつだ》ってくれてありがとう！」

「……どういたしまして。スマートフォンが鳴《な》りっぱなしというのは、耐《た》えられなかったからね」

昨夜《ゆうべ》、ティルが出《で》るまで、スコールより激《はげ》しく電話《でんわ》をかけたんだ。

こうして、ティルがとなりにいるんだから、ねばり強《づよ》さっていうのは大事《だいじ》だ。

「でもティルって、最高責任者《CEO》なのに、いそがしそうに見《み》えないよね。今日《きょう》も来《き》てくれたし」

「最高責任者《CEO》だから、**仕事《しごと》ができる**んだ。【ディアモンド】でわたしのやるべき業務《ぎょうむ》は、全《すべ》て終《お》わらせている。あとは優秀《ゆうしゅう》な部下《ぶか》たちを見守《みまも》るだけだよ」

ふつうに感心《かんしん》しちゃった。資料《しりょう》を一つ作《つく》るのにも苦戦《くせん》してるあたしからしたら、仕事内容《しごとないよう》を理《り》解《かい》したうえで、六〇万人《まんにん》の社員《しゃいん》をまとめるって、**かなりすごいこと**だ。

あと、ティルって、ルシィルが関《かか》わってなかったら、まともに話《はな》せるんだなぁ、とも思《おも》ったけど、これを言《い》ったら帰《かえ》っちゃいそうだから、やめておいた。

「口《くち》じゃなくて手《て》を動《うご》かすんだね。さすがに、土曜日《どようび》の午後《ごご》まで、きみといるつもりはないよ」

「そのことなんだけどさ～」

あたしは、イスをくるっとティルに向《む》けて、ニコッと笑《わら》った。

ティルは、いやな予感《よかん》がしたみたいで、キュッと眉《まゆ》をひそめた。

「この仕事《しごと》が終《お》わったら、**一緒《いっしょ》にショッピングしない？**」

「いやだよ」

即答《そくとう》だった。でも、ドーリー・アーンの強《つよ》みは、ねばり強《づよ》さだ。

「ティルが、バーバルを【ディアモンド】のショップにさそえば、**絶対《ぜったい》に来《く》る**と思《おも》うんだ！ 試《し》着《ちゃく》パーティーしようよ！」

ティルが半目《はんめ》になる。

「……きみのやりたいことがわかったよ。**試着中《しちゃくちゅう》に、バーバルの持《も》っているカードをスキャンするつもり**だろう。このビルで監視《かんし》カメラがないのは、トイレと試着室《しちゃくしつ》くらいだから」

カメラに映《うつ》らない角度《かくど》で、口《くち》の動《うご》きだけで言《い》ったティルに、あたしはニカッと笑《わら》って返《かえ》す。

ティルの、長《なが》いながいため息《いき》が、オフィスにひびく。

「わかった、**協力《きょうりょく》**しよう。けれど、入手《にゅうしゅ》した情報《じょうほう》は全《すべ》て共有《きょうゆう》してもらう。これが条件《じょうけん》だ」

「やったー！　ありがとう！」

胸元《むなもと》のウロボロスのバッジをなぞったティルは、気《き》を引《ひ》きしめるように、髪《かみ》を耳《みみ》にかけた。

その姿《すがた》に、ティルがＲｅ：Ｓｔａｒｔ《リスタート》に、命《いのち》をかけて忠誠《ちゅうせい》を誓《ちか》ったことを思《おも》い出《だ》した。

あたしも、気《き》を引《ひ》きしめないと。

ティルを危《あぶ》ない目《め》にあわせるのは、本望《ほんもう》じゃない。

「ショッピングをするために、まずは仕事《しごと》を終《お》わらせるんだね」

あたしは、パソコンとのにらめっこを再開《さいかい》した。

いま作《つく》ってるのは、新《あら》たに参加《さんか》する【Ｂａｒｏｉａ《バロイア》】っていう会社《かいしゃ》の資料《しりょう》だ。

バロイアという国《くに》が運営《うんえい》していて、ちょっと前《まえ》に事件《じけん》をおこしたことで信用《しんよう》をなくしたらしい。

でも最近《さいきん》、植物《しょくぶつ》と人間《にんげん》の遺伝子《いでんし》の研究《けんきゅう》が、全世界《ぜんせかい》から注目《ちゅうもく》をあびて、復活《ふっかつ》してるみたいだ。

この国《くに》と会社《かいしゃ》の情報《じょうほう》をまとめるのが、今日《きょう》の仕事《しごと》だ。

「ギルは、元気《げんき》かい？」

ティルが、監視《かんし》カメラにひろわれないほどの、小《ちい》さな声《こえ》でたずねてきた。

「……あたしも会《あ》ってないから、くわしくはわからない。でも、きっと元気《げんき》だと思《おも》う」

「そうか……」

うつむいたティルは、不安《ふあん》をかくすように指《ゆび》を組《く》んだ。

「あたし、まだ、あんたがギルにしたこと、ゆるしてないからね」

「ああ。**ゆるしてほしくない**。とくに、きみには」

ティルの考《かんが》えてることは、あたしにはよくわからない。

でも、ギルを想《おも》う横顔《よこがお》が、さみしげだったから、気《き》をつかってやった。

「ティル、これはエジプトでギルが教《おし》えてくれたんだけど、ラクダを座《すわ》らせたいときは、**ニッヒ**って言《い》うんだよ」

「なんだい、それ」

あきれた声《こえ》だったけど、その表情《ひょうじょう》も、声《こえ》も、すこし明《あか》るくなった。

金色《きんいろ》のひとみが、もっと聞《き》きたそうにきらめくから、いろんなギルの話《はなし》をしてあげた。

話《はなし》を聞《き》くティルが、すごくやさしく笑《わら》うのを見《み》て、そんな顔《かお》もできるのか、ってちょっとびっくりした。まだ、ティルのことは、ゆるせないけど。

ティルが、**ギルを大切《たいせつ》に想《おも》ってる**ってわかっちゃって。なんか、複雑《ふくざつ》な気持《きも》ちになった。

「そういえば、ルシィルとは、イタリアのあとからどう？」

資料《しりょう》をつくり終《お》えたとき、今度《こんど》はあたしが質問《しつもん》した。

「……会《あ》えてないんだ。連絡《れんらく》もとれなくてね」

「そっか。また会《あ》えるといいね」

ティルは小《ちい》さくうなずいて、金《かね》の懐中時計《かいちゅうとけい》をなぞりながら、ぽつりとこぼした。

「今日《きょう》は、ルシィルの誕生日《たんじょうび》なんだ」

「え、そうなの？　……あれ？　ていうことは、ティルも誕生日《たんじょうび》なの？」

「ん？　ああ、そうだね」

今日《きょう》は六月六日《がつむいか》だ。あたしはポケットのなかに入《はい》ってるものをだした。

ドリアンキャンディーと、ハンカチだ。

「いらない」

「まだあげるって言《い》ってないし！」

ティルの冷《ひ》ややかな目《め》に、キャンディーのつつみ紙《がみ》をはがしながら、べーっとする。

「資料《しりょう》が完成《かんせい》したなら、使《つか》い終《お》わったファイルをさっさと片《かた》づけるよ」

立《た》ち上《あ》がったティルに、あたしも立《た》ち上《あ》がった。

「ティル」

「ん？」

振《ふ》り返《かえ》ったティルのあごをつかんで、くいっと下《さ》げさせると。

その口《くち》に、キャンディーをほうりこんだ。

「誕生日《たんじょうび》おめでとう、ティル。友《とも》だちからの祝福《しゅくふく》くらい受《う》けとりなよ」

ニッと笑《わら》ってやれば、目《め》を見開《みひら》いたティルは、顔《かお》をそらした。

「きみは友《とも》だちじゃない」

「ひっど。まあでも、あたしは、ティルとルシィルが仲良《なかよ》くなれることを願《ねが》ってるよ」

ティルの顔《かお》をのぞきこもうとしても、絶対《ぜったい》にそらされる。

「甘《あま》いね、ほんと」

◆

ツインタワーの【ディアモンド】のショップはいま、最高責任者《CEO》によって、貸切《かしきり》になっていた。

「よく似合《にあ》っていますよ、バーバルさん」

「ド派手《はで》なネクタイが似合《にあ》いそうです！　ティル、UFO《ユーフォー》とかエイリアンの柄《がら》はある？」

あたしは、着《き》がえたバーバルを、試着室《しちゃくしつ》から引《ひ》っぱり出《だ》して、ネクタイコーナーに向《む》かった。

同時《どうじ》に、すれちがったスタッフに、横目《よこめ》で合図《あいず》をおくる。

スタッフに変装《へんそう》した、仲間《なかま》のペッパーが、試着室《しちゃくしつ》の開《ひら》いたカーテンの前《まえ》に立《た》って、店内《てんない》のカメラとバーバルの視界《しかい》のたてになり。

超《ちょう》うす型《がた》ドローンが、試着室《しちゃくしつ》のバーバルのジャケットにもぐりこんだ。

――N《エヌ》、よくやった。**カードのスキャン**も、**ドローンの回収《かいしゅう》**も**終《お》わった**――

カンペキだ！　これで、**セキュリティルームに侵入《しんにゅう》できるぞ！**

「ティルさんに服《ふく》をプレゼントしていただけて、最高《さいこう》の日《ひ》になりました！　ドーリーもありがとう。きみが**ティルさんの恋人《こいびと》**だったから、素敵《すてき》な機会《きかい》にめぐまれたよ」

「アハハ、ヨカッタデス」

笑顔《えがお》をはりつけて、ひたいにすじがうかばないように努力《どりょく》する。

感動《かんどう》の涙《なみだ》を流《なが》して去《さ》っていくバーバル。その背中《せなか》を見送《みおく》りながら、ティルを見上《みあ》げた。

「ありがとね」

「情報《じょうほう》がほしいだけだよ。ああ、そうだ。今日《きょう》はきみにつきあったから、日曜日《にちようび》はわたしにつきあってもらう。**一三時《じ》に、指定《してい》の場所《ばしょ》で集合《しゅうごう》だ。**きみの三人《にん》の仲間《なかま》もつれてきてくれ」

ティルはそれだけ言《い》うと、あたしに位置情報《いちじょうほう》を送《おく》って、風《かぜ》のように去《さ》っていった。

「そんなの、聞《き》いてないいんだけど！」

8. 準備《じゅんび》はちゃくちゃくと

その夜《よる》。あたしたちは、テーブルを囲《かこ》んだ。

「計画《けいかく》を確認《かくにん》していこう。来週《らいしゅう》の月曜日《げつようび》の真夜中《まよなか》、ナノがオフィスに忍《しの》びこんで情報《じょうほう》を盗《ぬす》む」

ここ数日《すうじつ》、ずっと大雨《おおあめ》がつづいてたんだけど、日曜日《にちようび》と月曜日《げつようび》は晴《は》れるの。

だから、日曜日《にちようび》に準備《じゅんび》をして、月曜日《げつようび》に作戦《さくせん》を実行《じっこう》するんだ。

あたしは、『マホウ・ノ・ボード』で空《そら》を飛《と》んで。

窓《まど》から、最上階《さいじょうかい》のオフィスに忍《しの》びこむんだ！

「おいらは、数《すう》キロはなれたビルで、準備《じゅんび》をしておくね。一条《いちじょう》の開《あ》けてくれる窓《まど》のすきまから、見回《みまわ》りの警備員《けいびいん》を、睡眠弾《すいみんだん》で眠《ねむ》らせるよ」

そう言《い》ったタロは、身長《しんちょう》の半分《はんぶん》くらいの長《なが》さの、銀色《ぎんいろ》の狙撃銃《そげきじゅう》をなぞった。

「セキュリティルームに入《はい》るためのカードのスキャンも、バーバルの指《し》もんもゲットしてるよ！」

あたしの言葉《ことば》に、ＡＩ《エーアイ》の専門家《せんもんか》のさとるが、ほおづえをついて言《い》った。

「そこからが勝負《しょうぶ》だね。部屋《へや》のなかは、**ヤバいAI《エーアイ》セキュリティシステム**で守《まも》られてるんだ」

さとるが言《い》うには、そのAI《エーアイ》セキュリティシステムは、過去《かこ》に一度《ど》だけのっとられたことがあって、それ以来《いらい》、よりいっそう強化《きょうか》されたんだって。

「ふだん働《はたら》いていない時間《じかん》に入《はい》ったり、なかで不《ふ》しんな行動《こうどう》をしたりすると、部屋《へや》のドアも、タワー全体《ぜんたい》も封鎖《ふうさ》されるうえに、**数十人《すうじゅうにん》の警備員《けいびいん》がおしよせて、徹底的《てっていてき》に調《しら》べられるんだ**」

「えっ、じゃあどうするの⁉」

「一時的《いちじてき》に、そのAI《エーアイ》を**制御不能《せいぎょふのう》**にする。AI《エーアイ》は常《つね》に学習《がくしゅう》する**真面目《まじめ》**な子《こ》だ。そこに、おれのAI《エーアイ》『さくら』を侵入《しんにゅう》させて、たくさんの例外《れいがい》や**悪《わる》いこと**を教《おし》えて、一時的《いちじてき》に混乱《こんらん》させるんだ」

さとるのスマートフォンのなかで、幾何学模様《きかがくもよう》の『さくら』が笑《わら》ったように見《み》えた。

「でも、混乱《こんらん》したAI《エーアイ》も、すぐに修復《しゅうふく》されるだろうから、制限時間《せいげんじかん》は五分《ふん》くらいかな」

「OK《オーケー》！　五分以内《ふんいない》に盗《ぬす》み出《だ》すよ！」

「ナハハッ　うちらもたくさんアイテム作《つく》ったんよ。これは『**隠《かく》れタイ**』！」

マキがくれたのは、蝶《ちょう》ネクタイだ。むすび目《め》にあるボタンをおせば。

ふわっと大《おお》きな布《ぬの》が現《あらわ》れた。

ちょうど、あたしをつつめるくらいの大《おお》きさだ。

「この布《ぬの》をかぶれば、**一瞬《いっしゅん》で隠《かく》れれる**んよ。布《ぬの》が、周《まわ》りの景色《けしき》を映《うつ》す仕組《しく》みなんよ」

マキが布《ぬの》に右手《みぎて》を入《い》れたとたんに、その手《て》ごと、布《ぬの》が見《み》えなくなった。

「す、すごい！　マキ、すごいよ！　これならどんなところにも忍《しの》びこめるよ！」

他《ほか》にも、アイテム部《ぶ》のシナモンとカルダモンが、変装《へんそう》アイテムをたくさんくれたんだ。

ああ、プロスパイみたいで、ドキドキがとまらない！

「**一番《いちばん》リスクを背負《せお》ってるのがナノだ**」

みんなが、あたしを真剣《しんけん》なひとみで見《み》つめる。

「おれたちが全力《ぜんりょく》でサポートするから、**まかせろ**」

「ありがとう！　みんなのことを信《しん》じてるよ！」

「明日《あした》は、日曜日《にちようび》だ。それぞれに、むりせず**最終準備《さいしゅうじゅんび》**をしていこう」

あたしたちは、月曜日《げつようび》の夜《よる》に忍《しの》び込《こ》むための準備《じゅんび》をしながら。

休日《きゅうじつ》を楽《たの》しむんだ。

スパイだって休《やす》まないと、いい仕事《しごと》はできないからね！

9．マレーシアの休日《きゅうじつ》

マレーシア〈6月7日《がつなのか》　AM《エーエム》10：00〉

日曜日《にちようび》の朝《あさ》。久《ひさ》しぶりに晴《は》れた空《そら》に、心《こころ》がおどる！

今日《きょう》だけは、プロ試験《しけん》をお休《やす》みして、マレーシアを楽《たの》しむんだ！

あ、それと、ティルの用事《ようじ》につきあわないといけないんだった。

「マレーシアっに！　来《き》ちゃったよ！　ドリアン、マンゴー、ココナッツ！　大大大大好《だいだいだいだいす》きよ！」

あたしたちがやってきたのは、首都《しゅと》のクアラルンプールにある、有名《ゆうめい》なセントラルマーケットっていう市場《いちば》だ。

二階《かい》建《だ》ての大《おお》きな市場《いちば》には、マレーシア文化《ぶんか》や中国文化《ちゅうごくぶんか》、インド文化《ぶんか》などのいろんな伝統的工芸品《でんとうてきこうげいひん》や雑貨《ざっか》とかをあつかうお店《みせ》がならんでるんだ。

あたしは、マレーシアの伝統的《でんとうてき》なワウっていう凧《たこ》や、インドの木彫《きぼ》りのお面《めん》、中国《ちゅうごく》の龍《りゅう》の置物《おきもの》とか、それはもういろいろ買《か》った。レオとシャルルにねちねち言《い》われるくらいに。

マーケットをでて、通《とお》りを歩《ある》けば、独特《どくとく》な香《かお》りがただよってきた。

「ドリアンだ！　食《た》べたい食《た》べたい！」

あたしたちは専門店《せんもんてん》で、緑《みどり》のトゲトゲな皮《かわ》がむかれた、黄色《きいろ》いドリアンの実《み》を味《あじ》わった。

「おいしい〜！　あたし、この味《あじ》すきだ！」

「ナハハッ　うちもすき。ロティチャナイってパンと、ラクサって米《こめ》の麺料理《めんりょうり》に合《あ》いそうなんよ」

「初《はじ》めて食《た》べたが……甘《あま》いギョーザみたいな味《あじ》だな」

「たしかに。フルーツなのに、ニンニクがきいているみたいな味《あじ》がするわね」

街《まち》を歩《ある》いていれば、イスラム文化《ぶんか》のモスクという礼拝堂《れいはいどう》から、歌《うた》のような祈《いの》りが聞《き》こえてくる。

中華系《ちゅうかけい》の寺院《じいん》では、ろうそくで火《ひ》をつけた線香《せんこう》や、ことぶき紙《かみ》の欠片《かけら》が雪《ゆき》のように舞《ま》っていて。

インドのヒンドゥー教《きょう》の寺院《じいん》の前《まえ》では、信号待《しんごうま》ちをしているタクシードライバーが、両手《りょうて》を合《あ》わせて頭《あたま》を下《さ》げていく。

いろんな文化《ぶんか》の人々《ひとびと》が、お互《たが》いを尊重《そんちょう》して生《い》きてる。

祈《いの》りと生活《せいかつ》が結《むす》びついた、美《うつく》しい世界《せかい》が、ここにはあった。

「素敵《すてき》だなぁ」

陽光《ようこう》にきらめく川辺《かわべ》をお散歩《さんぽ》したあたしたちは、屋台《やたい》でフルーツジュースを注文《ちゅうもん》した。

「「「Terima kasih《テリマカシ》！（ありがとう！）」」」

「Sama-sama《サマサマ》（どういたしまして）」

店員《てんいん》さんに、マレー語《ご》でお礼《れい》を言《い》ったあたしたちは、大通《おおどお》りに向《む》かって歩《ある》き出《だ》した。

あたしが頼《たの》んだのは、100％《パーセント》ココナッツジュースだ！

くぅ～これはくせになる！

「それにしても、今日《きょう》は、かなり**暑《あつ》い**わね」

「うちの故郷《こきょう》のインドもだけど、ここ数年《すうねん》で、どんどん気温《きおん》が高《たか》くなってるんよ」

青《あお》りんごジュースのストローをかみながら、マキがぼやいた。

「**地球温暖化《ちきゅうおんだんか》**がこれ以上進《いじょうすす》んだら、人《ひと》の暮《く》らしはいままで通《どお》りにはいかないだろうな」

CSCO《シーエスシーオー》は、世界《せかい》を平和《へいわ》にするために、スパイ任務《ミッション》をしながら、**SDGs《エスディージーズ》の達成《たっせい》**を目指《めざ》して、いろんなとり組《く》みをしてる。

これからのあたしたちの未来《みらい》を、良《よ》くするために。

ふいに、街《まち》にかかげられた電子看板《でんしかんばん》が、目《め》に入《はい》った。

そこでは、Re:Start《リスタート》が行《おこな》っている、SDGs《エスディージーズ》のとり組《く》みを紹介《しょうかい》する映像《えいぞう》が流《なが》れていた。

Re:Start《リスタート》も、地球《ちきゅう》の環境《かんきょう》を良《よ》くするために、ずっと昔《むかし》から活動《かつどう》をしてるんだ。

そんな組織《そしき》が、なんで世界《せかい》を終《お》わらせようとしてるのか、わからない。

ウロボロスマークの忍者《にんじゃ》に襲《おそ》われるまで、Re:Start《リスタート》のことを悪《あく》って思《おも》ったことがなかったんだ。

トップと話《はな》し合《あ》えば、もしかしたら一緒《いっしょ》に良《い》い方向《ほうこう》に進《すす》めるかもしれない。

そう思《おも》っちゃうくらい、Re:Start《リスタート》は、あたしたちの生活《せいかつ》に根《ね》づいてるんだ。

ふいに、ゾクッと鳥肌《とりはだ》がたった。

視線《いせん》を感《かん》じたんだ。

しかも、相手《あいて》は**複数**《ふくすう》いる。

「ねえ、**つけられてるよね**」

――ええ。世界警察《せかいけいさつ》ではなさそうね。きっと、ねらいはBS《ビーエス》**のレオとナノ**ね――

背中《せなか》に、汗《あせ》がながれた。

いまの時刻《じこく》は、一二**時**《じ》**五〇分**《ぷん》。

まだ、ティルとの待《ま》ち合《あ》わせ時間《じかん》にはなってないし、待《ま》ち合《あ》わせ場所《ばしょ》にもついてない。

心臓《しんぞう》の音《おと》が、どんどん速《はや》くなっていく。

そのとき――

目《め》の前《まえ》に、大《おお》きな高級車《こうきゅうしゃ》のリムジンがとまって。

パッと開《ひら》いたドアから、**バラの香《かお》り**がしたと思《おも》ったら。

「**恋人《こいびと》**をむかえに来《き》たよ」

なかに、いやみたっぷりな笑顔《えがお》の、ティルがいた。

ティルは、車外《しゃがい》から見《み》えないように。

サッとあたしの手《て》を引《ひ》くと。

背後《はいご》のレオたちに言《い》った。

「**きみたちも乗《の》るといい**」

10. 常夏《とこなつ》デートを恋人《こいびと》と

街《まち》なかを複雑《ふくざつ》に進《すす》んでいくリムジンは、追手《おって》も監視《かんし》カメラもない場所《ばしょ》で。

瞬時《しゅんじ》に、**白《しろ》いワゴン車《しゃ》**に見《み》た目《め》を変《か》えた。最新《さいしん》のロボットみたいだ。

なかはかなり広《ひろ》くて、向《む》かい合《あ》わせのシートの白革《しろかわ》は、座《すわ》っただけで高級《こうきゅう》だってわかる。

となりに座《すわ》ったレオは、正面《しょうめん》のティルをギロッとにらんでる。

レオの気持《きも》ち、わかるよ。なにもかもがキザで、いやみすぎるよね。

ティルは、すずしい顔《かお》をしてる。それがさらにムカつく。

「ねえ、ティルは、さっきの追手《おって》を知《し》ってるの？」

「確証《かくしょう》はないけれど、Ｒｅ：Ｓｔａｒｔ《リスタート》だろうね。彼《かれ》らは、街《まち》にいるきみたちくらいの年齢《ねんれい》の四《よ》人組《にんぐみ》を全《すべ》て、てってい的《てき》に監視《かんし》しているんだ。あの組織《そしき》をあまく見《み》ないほうがいい」

だから、バレないように変装《へんそう》していても、追《お》われたんだ。

それにしても、あたしには、ティルのしたいことがよくわからない。

「きみたちの疑問《ぎもん》に答《こた》えておこう。結論《けつろん》から言《い》うと、わたしは、きみたちの味方《みかた》だ。それを理解《りかい》してもらうために、根本的《こんぽんてき》なところから話《はな》そう」

そう前《まえ》おきしたティルは、あたしを見《み》た。

「**七月七日**《がつなのか》**に、エメラルド・ライン**という、一一個《こ》の惑星《わくせい》が直列《ちょくれつ》することは知《し》っているね？」

あたしたちはうなずく。

「その日《ひ》に、キプロス島《とう》の近《ちか》くにあるエメラルド島《とう》で、一〇人《にん》のＢＳ《ビーエス》が集《あつ》まって、**世界**《せかい》**を終**《お》**わらせるか、終**《お》**わらせないかを決**《き》**める会合**《かいごう》をひらくんだ」

あの島《しま》は、エメラルド島《とう》っていうんだ。

「ここからが本題《ほんだい》だ。ふだんエメラルド島《とう》は**見**《み》**えない**。島《しま》を出現《しゅつげん》させるには**条件**《じょうけん》が二つある。エメラルドのＢＳ《ビーエス》が【ヴィーナスの詩《うた》】をうたうことと、**一〇個**《こ》**の暗号**《あんごう》**をつなげて読**《よ》**み上**《あ》**げることだ**」

「そのために、Ｒｅ《リ》：Ｓｔａｒｔ《スタート》は暗号《あんごう》をそろえていたのね」

苦々《にがにが》しく言《い》ったシャルルは、親指《おやゆび》のつめをかむ。

「ああ。だから、**のこりの暗号**《あんごう》**を破壊**《はかい》**して、そろえられないようにしようとしている**んだ」

「なるほど！　そろわなければ、読《よ》み上《あ》げられないから、エメラルド島《とう》が現《あらわ》れることもないんだ！」

ぽんっと手《て》をたたいたあたしの頭《あたま》に、ふと疑問《ぎもん》がうかんだ。

「ティル、あんた、このことを、**いつから知《し》ってたの？**」

「**ずっと前《まえ》**からだよ。正直《しょうじき》、この前《まえ》まで、ルシィルが助《たす》かるなら、世界《せかい》がどうなろうと、**どうでもよかった。**だから、リスクがあるとわかったうえで、ルシィルのために、暗号《あんごう》を集《あつ》めていたんだ」

あいた口《くち》がふさがらない。

「あんたって……本当《ほんとう》に自己中心的《じこちゅうしんてき》っていうか、**ルシィル中心的《ちゅうしんてき》だね！**」

「なんとでも言《い》うといいよ。ルシィルにかけられた呪《のろ》いは、きみのＥｎｄ Ｔｉｍｅ《エンドタイム》だけでなく、**水銀《すいぎん》の能力《のうりょく》**で消《け》せるとわかった。**暗号《あんごう》がなくても、ルシィルは助《たす》かる**という確証《かくしょう》が得《え》られた」

ティルは、日本《にほん》であたしに起《お》きたことを、はあくしてるんだ。

「だから、いまは、世界《せかい》をつづけるために、暗号《あんごう》を壊《こわ》すと決《き》めたんだ。これからは、**大切《たいせつ》な人《ひと》たちを大切《たいせつ》にする**ために行動《こうどう》する。それが、わたしの**正義《せいぎ》**で、**償《つぐな》い**だと思《おも》っているから」

ティルの〝正義《せいぎ》〟という言葉《ことば》に、息《いき》がつまった。

「わたしがＲｅ：Ｓｔａｒｔ《リスタート》に忠誠《ちゅうせい》を誓《ちか》ったのは、**世界《せかい》を終《お》わらせない方法《ほうほう》を見《み》つけるためだ**」

そう、はっきりと告《つ》げたティルは、マキを見《み》つめた。

「マキ、きみがのこりの暗号《あんごう》のありかである、**穴《あな》**を見《み》つけたことを、彼《かれ》らはすでに知《し》っている。彼《かれ》らは暗号《あんごう》を手《て》に入《い》れるために、きみたちを捕《つか》まえて、**穴《あな》**の**場所《ばしょ》を問《と》いつめる**だろう。だから、その前《まえ》に、穴《あな》へ行《い》って、**暗号《あんごう》を壊《こわ》すんだ**」

あたしたちは目《め》を合《あ》わせた。

あたしたちが穴《あな》の場所《ばしょ》をわかっていたから、Ｒｅ：Ｓｔａｒｔ《リスタート》は追《お》ってきたんだ。

「きみたちが一番危《いちばんあぶ》ないのは、穴《あな》から出《で》たあとだ。きみたちが暗号《あんごう》をもっているとかんちがいした彼《かれ》らに、襲《おそ》われるだろう」

日本《にほん》で襲《おそ》われたことを思《おも》い出《だ》して、ゾッとした。

「暗号《あんごう》を壊《こわ》してくれるなら、**きみたちを無事《ぶじ》に帰《かえ》すと、約束《やくそく》しよう**」

あたしたちはうなずき合《あ》った。

「わかった。暗号《あんごう》を壊《こわ》してくる」

ほほ笑《え》んだティルが指《ゆび》をならせば、足元《あしもと》からボックスが現《あらわ》れた。

なかには、変装用《へんそうよう》のマスクとウィッグや服《ふく》が入《はい》っている。

「じゃあ、さらに変装《へんそう》をしてもらおう。まず、年齢《ねんれい》を変《か》えるべきだね」

「ここが、座標《ざひょう》が示《しめ》していたバトゥ洞窟《どうくつ》だ。じゃあ、よろしくたのむよ」

ティルは、あたしたちが無事《ぶじ》に帰《かえ》れるように、準備《じゅんび》をしておくと言《い》って、車内《しゃない》に残《のこ》った。

あたしたちは、ティルの指示《しじ》どおり、年齢《ねんれい》を変《か》えて、男女比《だんじょひ》を二対《たい》二にした。

男装《だんそう》したあたしは、三〇歳《さい》に変装《へんそう》したレオと、ならんで歩《ある》いている。

七〇歳《さい》のおじいちゃんとして。

二〇歳《さい》に変装《へんそう》したシャルルとマキは、きばつな柄《がら》の服装《ふくそう》で、あたしたちとはなれて歩《ある》いてる。

となりのレオも、カラフルな宇宙柄《うちゅうがら》の服《ふく》を着《き》てるのに、あたしだけ白《しろ》い無地《むじ》の服《ふく》は、仲間《なかま》はずれみたいで、さみしい！　あたしも、エイリアン柄《がら》の服《ふく》とか着《き》たい！

ティル、わざとこの服《ふく》を選《えら》んだな、ほんとムカつく。ぎゅっと、杖《つえ》をにぎったとき。

すごいなと、こぼしたレオの声《こえ》に、視線《しせん》を上《あ》げて、息《いき》をのんだ。

色《いろ》とりどりの像《ぞう》がならぶ門《もん》の先《さき》には。

七色《なないろ》のカラフルな、二七二段の階段《かいだん》が、巨大《きょだい》な山《やま》のなかにつづいている。

階段《かいだん》の右《みぎ》には、金色《きんいろ》にかがやく大《おお》きな仏像《ぶつぞう》がそびえたっていた。

「この階段《かいだん》をのぼった先《さき》にある洞窟《どうくつ》に、ヒンドゥー教《きょう》の寺院《じいん》があるらしいな」

「ここ知《し》ってる！　この前《まえ》『ＭＡ《マー》』が紹介《しょうかい》してた、すごいパワースポットなんだよ！」

あたしたちは、周《まわ》りを警戒《けいかい》しながら、近《ちか》くにいるときは小声《こごえ》で話《はな》して。

遠《とお》くにいるメンバーとは、声《こえ》をださないで、舌《した》の動《うご》きだけで、ピアスごしに話《はな》すことにした。

―たぶん、この山《やま》のどっかに、穴《あな》はあると思《おも》うんよ―

―階段《かいだん》をのぼった先《さき》で、合流《ごうりゅう》しましょう―

山《やま》のふもとにはいろんなお店《みせ》が並《なら》んでいて、ツアーの団体《だんたい》や観光客《かんこうきゃく》が、買《か》い物《もの》をしたり、記念《きねん》撮影《さつえい》をしたりしていた。

「Selamat《スラマッ》 siang《シアン》!（こんにちは！）お客《きゃく》さん。あの階段《かいだん》は、一気《いっき》に上《のぼ》るのがおすすめだよ。お菓子《かし》なんか持《も》っていると、サルがようしゃなく、うばってくるから気《き》をつけてね」

おみやげを売《う》っているおばさんが、おすすめの置物《おきもの》を紹介《しょうかい》しながら教《おし》えてくれた。

たしかに、カラフルな階段《かいだん》を上《のぼ》っていく人《ひと》たちの間《あいだ》を、たくさんのサルが追《お》いかけっこをして走《はし》り回《まわ》っていた。よく見《み》てみると、ペットボトルやお菓子《かし》のふくろを持《も》ってるサルもいる。

「階段《かいだん》をはだしで歩《ある》いている人《ひと》もいるね！」

―ヒンドゥー教《きょう》の寺院《じいん》のなかでは、**靴《くつ》をぬぐのがマナー**なんよ。でも、階段《かいだん》を上《のぼ》るときは、靴《くつ》をはいてても問題《もんだい》ないんよ―

階段《かいだん》から先《さき》は、神聖《しんせい》な場所《ばしょ》だから、女性《じょせい》は足《あし》をだした服装《ふくそう》はだめなんだ。いまのあたしは、ロングパンツをはいてるから、このまま進《すす》めるんだ！

―ここは、**ムルガン**って軍神《ぐんしん》がまつられてるんよ―

――軍神《ぐんしん》って、戦《たたか》うときに勝《か》ち負《ま》けを決《き》める運《うん》を、守《まも》ってくれるってことかしら？――

――そうだよ。ヒンドゥー教《きょう》には**いろんな神《かみ》さま**がいて、**名前《なまえ》**を覚《おぼ》えるのが大変《たいへん》なんよ――

名前《なまえ》かぁ。

あざやかな階段《かいだん》を上《のぼ》りながら、あたしはとなりのレオを見《み》た。

スパイは、**本当《ほんとう》の名前《なまえ》を使《つか》わない**。

大切《たいせつ》な人《ひと》にだけ、自分《じぶん》の本当《ほんとう》の名前《なまえ》を教《おし》えるんだ。

五歳《さい》で学園《がくえん》に来《き》たとき、あたしは、ゼインとユーコ先生《せんせい》と、**レオ**だけに、名前《なまえ》を教《おし》えた。

そして、レオも、あたしに**レオ・L《エル》・ザドキエル**って名前《なまえ》を教《おし》えてくれたんだ。

本当《ほんとう》の名前《なまえ》を知《し》られないっていうのは、さびしいけど。

あたしには、**レオ**がいる。

くされ縁《えん》でたくさんケンカをしてきたけど、**信頼《しんらい》できる相棒《バディ》**がいる。

だから、お互《たが》いに本当《ほんとう》の名前《なまえ》を知《し》っている**仲間《なかま》**がいれば、ぜんぜんさびしくないんだ。

「わあ！　きれいだ！」

カラフルな階段《かいだん》を上《のぼ》り終《お》えた先《さき》には。

不思議《ふしぎ》な形《かたち》にでこぼこしている、**鍾乳洞《しょうにゅうどう》**が広《ひろ》がっていた。

11. マキのうた

気持《きも》ちいい風《かぜ》が吹《ふ》きぬけていく。

洞窟《どうくつ》のなかは広場《ひろば》になっていて、カラフルな寺院《じいん》が建《た》っていた。

「ねえマキ、ヒンドゥー教《きょう》って、どういうものなの？」

寺院《じいん》で祈《いの》りをささげてきたマキに、ピアスごしに聞《き》いてみた。

――ヒンドゥー教《きょう》っていうのは、インドのたくさんの神《かみ》さまを信《しん》じたりする考《かんが》えのことなんよ。インドで生《う》まれ育《そだ》った人《ひと》にとっては、生活《せいかつ》の一部《いちぶ》みたいな、身近《みぢか》な考《かんが》えなんよ――

「へえ！　文化《ぶんか》みたいなものなんだね！」

CSCO《シーエスシーオー》では、国籍《こくせき》はないけれど、自分《じぶん》の信《しん》じるものとか、考《かんが》えは、自由《じゆう》に決《き》められるんだ。

あたしは、まだよくわかってないから、何《なに》かを信《しん》じるってことはしてない。

CSCO《シーエスシーオー》には、あたしみたいに何《なに》も信《しん》じていない人《ひと》もいるし、出身国《しゅっしんこく》の風習《ふうしゅう》を守《まも》っている人《ひと》や、いろんなことを学《まな》んだうえで信《しん》じたいものを見《み》つけたときに、信《しん》じるようになる人《ひと》もいるんだ。

国《くに》や文化《ぶんか》や宗教《しゅうきょう》によって、いろんな考《かん》え方《かた》があるって、すごくクールだ。

「たくさんの考《かんが》えがあるから、全部《ぜんぶ》を学《まな》ぶのもたいへんだよね」

あたしたちは、二組《ふたくみ》に分《わ》かれたまま、最奥《さいおう》につづく、最後《さいご》の階段《かいだん》に向《む》かった。

「たしかに。ヒンドゥー教《きょう》や仏教《ぶっきょう》、ユダヤ教《きょう》やイスラム教《きょう》、キリスト教《きょう》などの宗教《しゅうきょう》もあれば、エジプト神話《しんわ》やギリシャ神話《しんわ》などの神話《しんわ》や伝説《でんせつ》もあるからな」

——それぞれのちがいを見《み》がちだけど、共通《きょうつう》してる部分《ぶぶん》もあるのよ。たとえば、ギルガメシュ叙事詩《じょじし》という古《ふる》い伝説《でんせつ》に、世界《せかい》をしずませるような大洪水《だいこうずい》について書《か》かれているの——

「へえ、初《はじ》めて聞《き》いた！」

——そういった大洪水《だいこうずい》に関《かん》する話《はなし》は、エジプト神話《しんわ》やギリシャ神話《しんわ》、インドの神話《しんわ》やキリスト教《きょう》の聖書《せいしょ》などにも、書《か》かれていたりするのよ——

「もしかしたら、数百年《すうひゃくねん》おきに、大洪水《だいこうずい》とかの自然災害《しぜんさいがい》で、世界《せかい》が本当《ほんとう》に終《お》わりかけてるんじゃないかって、おれも思《おも》ったりする」

前《まえ》に見《み》つけた本《ほん》に、世界《せかい》は、三〇〇年《ねん》に一度《ど》、終《お》わってはじまるようにつくられた。って、書《か》いてあったのを思《おも》い出《だ》した。

「地域《ちいき》も時代《じだい》もちがうのに、似《に》ている話《はなし》があるなんて、ロマンがあふれてる！」

――世界《せかい》にはいろんな考《かんが》え方《かた》があるわ。なにが正《ただ》しいかではなく、それを信《しん》じている人《ひと》がいる、ということが、尊重《そんちょう》されるべき理由《りゆう》ね――

「たしかに！　いろんな考《かんが》えが、いまの時代《じだい》まで受《う》け継《つ》がれてきたっていうのがロマンだしね！」

ちょうど、階段《かいだん》でとなりにならんだシャルルは、あたしと目《め》を合《あ》わせた。

「この世《よ》には、たくさんの歴史《れきし》があるわ。でも、どんな歴史《れきし》も、本当《ほんとう》の意味《いみ》で、公平《こうへい》に伝《つた》わることはないってことだけは、覚《おぼ》えておいたほうがいいわ」

「公平《こうへい》に伝《つた》わることはない？」

「歴史《れきし》には、必《かなら》ずそれを語《かた》ってきた人《ひと》や、記録《きろく》してきた人《ひと》がいるの。人《ひと》が伝《つた》える歴史《れきし》には、必《かなら》ず、伝《つた》える者《もの》の意思《いし》がはいる」

「ほほぉう？」

あ、理解《りかい》してないわね、って顔《かお》をしたシャルルが、階段《かいだん》を上《あ》がりながら言《い》った。

「たとえば、争《あらそ》っているA国《エーこく》とB国《ビーこく》があるとするわ。そこでA国《エーこく》が歴史書《れきししょ》をつくる場合《ばあい》、A国《エーこく》をすばらしい国《くに》と書《か》いて、敵《てき》のB国《ビーこく》をマイナスな表現《ひょうげん》で書《か》く可能性《かのうせい》が高《たか》いでしょう？」

たしかに、自分《じぶん》の所属《しょぞく》しているところは、良《い》い印象《いんしょう》で書《か》きたくなるかも。

「反対《はんたい》に、B国《ビーこく》が歴史書《れきししょ》をつくるときはB国《ビーこく》はすばらしい、A国《エーこく》はひどいと書《か》くかもしれないわ」

「なるほどなぁ。**自分《じぶん》の正義《せいぎ》とちがう相手《あいて》**のことを、**悪《あく》**って思《おも》っちゃうもんね」

「つまり、立場《たちば》や価値観《かちかん》がちがえば、記録《きろく》や歴史《れきし》の書《か》きかたが変《か》わってくるのよ。何《なに》を書《か》いて、何《なに》を消《け》すかは、書《か》き手《て》の自由《じゆう》だもの。そういう背景《はいけい》があるから、記録《きろく》を消《け》すっていう**記録抹殺刑《きろくまっさつけい》**ができるのよ」

ギリシャの海底《かいてい》の、神殿《しんでん》の地下《ちか》で、記録抹殺刑《きろくまっさつけい》によって削《けず》られた部分《ぶぶん》があったのを思《おも》い出《だ》した。

「だから、どんな歴史《れきし》も、**本当《ほんとう》の意味《いみ》で、公平《こうへい》に伝《つた》わることはない**ってことなのよ」

「やっぱりシャルルは、いろんなことを考《かんが》えられて、すごいなぁ」

シャルルは、すれちがった観光客《かんこうきゃく》が、あいさつをしただけ、というように、先《さき》に進《すす》んでいった。

ふと思《おも》った。もしかしたら、伝《つた》わってきた歴史《れきし》がちがうせいで、人《ひと》とか組織《そしき》の対立《たいりつ》が、より複《ふく》雑《ざつ》になってるのかもしれない。

あたしの頭《あたま》にうかぶのは、**世界警察《せかいけいさつ》**のこと。

世界警察《せかいけいさつ》も、ＣＳＣＯ《シーエスシーオー》も、世界《せかい》を平和《へいわ》にするって目標《もくひょう》は同《おな》じだ。

でも、表舞台《おもてぶたい》から世界《せかい》を正《ただ》す世界警察《せかいけいさつ》と、裏舞台《うらぶたい》から世界《せかい》を導《みちび》くＣＳＣＯ《シーエスシーオー》は、いまは敵同士《てきどうし》で、対立《たいりつ》していて、協力《きょうりょく》できないんだ。

それでも、あたしはいままでいろんな人《ひと》と出会《であ》って、いろんなことを考《かんが》えて。

人《ひと》は変《か》われるって知《し》った。あたしが変《か》われば、相手《あいて》も変《か》わるってことも。

だから、いつかきっと、世界警察《せかいけいさつ》とも、わかり合《あ》って、協力《きょうりょく》できる日《ひ》が来《く》るかもしれないんだ。

そのときのために、いまの世界《せかい》を、同《おな》じ目線《めせん》で見《み》ていけたらいいなって思《おも》った。


「きれいだな……」

最後《さいご》の階段《かいだん》を上《のぼ》りきったレオが、感動《かんどう》のため息《いき》をついた。

目《め》の前《まえ》には、太陽《たいよう》の光《ひかり》があふれる広場《ひろば》に、彩《いろど》り豊《ゆた》かな寺院《じいん》がたたずんでいた。

鍾乳石《しょうにゅうせき》がぐるりと周《まわ》りを囲《かこ》い、天《てん》はぽかりと開《あ》いていて、空《そら》から光《ひかり》と木《こ》の葉《は》が落《お》ちてくる。

信徒《しんと》の祈《いの》りの声《こえ》と、風《かぜ》の音《おと》がこの空間《くうかん》をめぐって空《そら》へ流《なが》れていく。


そのとき、キラッとなにかがきらめいた。

光《ひかり》は、影法師《かげぼうし》のように、ゆっくりと移動《いどう》していくから。

あたしは、光《ひかり》を追《お》いかけた。

その先《さき》に、人《ひと》が一人通《ひとりとお》れるほどの、鍾乳石《しょうにゅうせき》の割《わ》れ目《め》を見《み》つけた。

「この先《さき》に、穴《あな》がある気《き》がする」

ピアスごしにそう伝《つた》えれば、監視《かんし》されていないことを確《たし》かめた三人《にん》がやって来《き》た。

あたしたちは、周《まわ》りに人《ひと》がいないことを、十分《じゅうぶん》に確認《かくにん》して。

真《ま》っ暗《くら》な割《わ》れ目《め》のなかを、ライトで照《て》らしながら進《すす》んだ。

「ねえマキ、どうやって、ここの座標《ざひょう》を見《み》つけたの？」

おじいちゃんの変装《へんそう》をといたあたしは、いつもどおりの格好《かっこう》で、キビキビ歩《ある》きながら聞《き》いた。

マキはあたしを見《み》て、そして、まいっか、とつぶやいた。

「うちのおばさんは、**世界《せかい》の守護者《しゅごしゃ》なんよ**」


「え⁉」


あたしとレオは、バッとマキを見上《みあ》げた。

おどろいてないのは、シャルルだけだ。

あたしは、イタリアで出会《であ》った、世界《せかい》の守護者《しゅごしゃ》を思《おも》い出《だ》した。

「世界《せかい》の守護者《しゅごしゃ》って、あの**インフィニティマークの首飾《くびかざ》り**をつけている、**番人《ばんにん》**のことだよね？」

コクリとするマキに、なんだか不思議《ふしぎ》な気持《きも》ちになった。

身近《みぢか》なマキの、そのおばさんが世界《せかい》の守護者《しゅごしゃ》だなんて、世界《せかい》にはまだまだ不思議《ふしぎ》があふれてる。

「そんでね、うちの故郷《こきょう》に同《おな》じような**穴《あな》**があったんよ。だから、がんばって、世界《せかい》の守護者《しゅごしゃ》の使《つか》ってるネットワークで、穴《あな》のことを調《しら》べたんよ」

「そうだったんだ……でも、なんでマキはそこまでして調《しら》べたの？」

マキは、あたしをジッと見《み》て、ぽつりと言《い》った。

「うち、なんか、たまにわかるんよ、**こうしたほうがいいって**」

「そっか！　すごいなぁ」

レオが、話《はなし》を変《か》えるように、あごに手《て》をあてて言《い》った。

「おれたちがいままで集《あつ》めてきた暗号《あんごう》は**八つ。クリスタル、ゴールド、ターコイズ、サファイア、ルビー、銀《ぎん》、エメラルド、水銀《すいぎん》だ**」

レオの言葉《ことば》に、いままでの冒険《ぼうけん》が、頭《あたま》の中《なか》をかけめぐった。

アメリカで、ティルからとり返《かえ》した、**石板**《せきばん》に彫《ほ》られた、クリスタルの暗号《あんごう》。

フランスのパリで、ノートルダム大聖堂《だいせいどう》の上《うえ》から見《み》た**雷**《かみなり》のゴールドの暗号《あんごう》。

エジプトの砂漠《さばく》で、幻《まぼろし》の楽園《らくえん》の**棺**《ひつぎ》に書《か》かれたターコイズの暗号《あんごう》。

イギリスのロンドンで、シェイクスピアの**像**《ぞう》が書《か》いたサファイアの暗号《あんごう》。

ギリシャの海《うみ》で、ティルがギルと見《み》つけたルビーの暗号《あんごう》。これは、ティルにもらったんだ。

ギリシャの火山島《かざんとう》で、シャルルが**【蛇**《へび》**】**から盗《ぬす》んでいた銀《ぎん》の暗号《あんごう》。

イタリアのヴェネツィアで、氷《こおり》の**地下神殿**《ちかしんでん》に現《あらわ》れたエメラルドの暗号《あんごう》。

日本《にほん》の京都《きょうと》で、橘《たちばな》ノ里《さと》に守《まも》られてきた水銀《すいぎん》の暗号《あんごう》。

「おれが調《しら》べた情報《じょうほう》には、まだ手《て》に入《い》れていない、のこり二つの、真珠《しんじゅ》とダイアモンドの暗号《あんごう》は、数千年前《すうせんねんまえ》から新《あたら》しくつくられていないから、見《み》つけることはむずかしいと書《か》かれていた」

あたしたちは、マキを見《み》た。

「たぶんそれ、ここにあると思《おも》うんよ」

そう言《い》ったマキが、足元《あしもと》の岩《いわ》に彫《ほ》られた、**インフィニティマーク**を指《ゆび》さす。

数《すう》メートルおきに彫《ほ》られたマークを目印《めじるし》に、あたしたちは、鍾乳洞《しょうにゅうどう》の奥《おく》へ進《すす》んだ。

「あった」

数《すう》十分《ぷん》ほど歩《ある》いた先《さき》に、直径《ちょっけい》七メートルほどの大《おお》きな穴《あな》を見《み》つけた。

岩《いわ》の地面《じめん》を切《き》りぬいたような、六角形《ろっかっけい》の穴《あな》は深《ふか》くて、真《ま》っ暗《くら》だ。

その穴《あな》には、人《ひと》が入《はい》ることをゆるさないような、異質《いしつ》な空気《くうき》がただよっていた。

「ここに、**暗号**《あんごう》があるんよ」

周《まわ》りに、番人《ばんにん》のような、世界《せかい》の守護者《しゅごしゃ》はいない。

ここは、忘《わす》れ去《さ》られた場所《ばしょ》らしい。

マキは手首《てくび》と足首《あしくび》に、鈴《すず》のついたリングをはめた。

「昔《むかし》、おばさんが穴《あな》に入《はい》る前《まえ》には、**儀式**《ぎしき》が必要《ひつよう》って言《い》ってた。そうしないと、この穴《あな》は、ただの

虚空《こくう》か、まちがってどこかの世界《せかい》につながるだけなんだって」

マキの言葉《ことば》をぼんやり聞《き》いているとき、マキがあたしたちを見《み》た。

「あんね、儀式《ぎしき》で言《い》うし、三人《にん》にならら、言《い》ってもいいなって思《おも》うから、言《い》うね」

マキは太陽《たいよう》みたいな笑顔《えがお》で言《い》った。

「うちの本当《ほんとう》の名前《なまえ》は、**マキ・ヴィシュヌ**」

「マキィ！　すっごくきれいな名前《なまえ》だね！」

「ナハハッ　ありがとう」

シャルル・カロン

マキ・ヴィシュヌ

レオ・L《エル》・ザドキエル

三人《にん》の名前《なまえ》を、心《こころ》のなかで呼《よ》んだ。

大切《たいせつ》な仲間《なかま》の本当《ほんとう》の名前《なまえ》を知《し》れたんだ。

うれしくて、泣《な》きそうだ。

「あたしの本当《ほんとう》の名前《なまえ》は、ナノ・N《エヌ》・アニエルっていうんだ」

マキが、どうしようもなくやさしく笑《わら》ってくれて。

シャルルとレオも、眉《まゆ》を下《さ》げて、うれしそうに眼《め》を細《ほそ》めていた。

いま三人《にん》と、**心《こころ》がつながった**気《き》がした。

「いまから、儀式《ぎしき》をやるんよ」

手首《てくび》に鈴《すず》をつけたマキが、穴《あな》の前《まえ》にひざまずいた。

「マキ・ヴィシュヌが、世界《せかい》の守護者《しゅごしゃ》の儀式《ぎしき》をとりしきります」

ゆっくりと舞《ま》うマキの手足《てあし》がゆれるたびに、**鈴《すず》の音《おと》**がいくえにもひびきわたり。

ライトの光《ひかり》をあびた鈴《すず》が、星《ほし》のように美《うつく》しくまたたいた。

マキがうたう。

そのうたは、聞《き》いたことのない言葉《ことば》で奏《かな》でられていた。

でも、そのメロディーを、あたしは知《し》っていた。

そのうたは、**【ヴィーナスの詩《うた》】**と同《おな》じだったんだ。

マキがうたい終《お》え、踊《おど》り終《お》えたとき。

スッと穴《あな》の周《まわ》りの空気《くうき》が変《か》わった。

さっきまでの異質《いしつ》な空気《くうき》が。

入《はい》ることをゆるすような気配《けはい》に変《か》わったんだ。

あたしたちは、持《も》ってきていたロープと、固定装置《こていそうち》を地面《じめん》にとりつけた。

「あたしが壊《こわ》してくるね！」

「気《き》をつけてね。穴《あな》は、ちゃんと目的《もくてき》をもってないとたどりつけないし、もどってこれないんよ」

その不思議《ふしぎ》な言葉《ことば》にうなずいて。

ヘッドライトをつけたあたしは、六角形《ろっかっけい》の穴《あな》のなかへ入《はい》った。

12. エメラルドの約《やく》束《そく》

穴《あな》のなかは、なんの香《かお》りも、音《おと》もしなかった。
ヘッドライトの光《ひかり》が照《て》らす岩壁《がんぺき》には。
色《いろ》とりどりの不思議《ふしぎ》な文字《もじ》が、ぎっしり、**呪文**《じゅもん》のように書《か》かれていた。
それは、いままで見《み》てきた、BS《ビーエス》の暗号《あんごう》の文字《もじ》に似《に》ている。
赤《あか》や青《あお》、緑《みどり》や金《きん》でかかれた文字《もじ》は、光《ひかり》があたるたびにうき上《あ》がって見《み》えた。
どの方向《ほうこう》を見《み》ても、すきまなく並《なら》んだ文字《もじ》は、あたしにはさっぱり意味《いみ》がわからない。
そのとき、ライトの光《ひかり》に、きらりと何《なに》かが光《ひか》った。
岩壁《がんぺき》に、六角形《ろっかっけい》の鏡《かがみ》があったんだ。
鏡《かがみ》の下部《かぶ》には、穴《あな》のような絵《え》と、【カスレプティス】のサイン。
ざらっとする鏡《かがみ》を、なぞれば——
あたしは、円形劇場《えんけいげきじょう》にいた。

また、夢《ゆめ》を見《み》てるんだってわかった。

あたしは、一番下《いちばんした》の段《だん》に座《すわ》っていて。

目《め》の前《まえ》には、緑《みどり》の髪《かみ》の少女《しょうじょ》――**エメラルドのBS《ビーエス》の先祖《せんぞ》**の、**ネツァク**がいた。

いままで一番《いちばん》、距離《きょり》が近《ちか》かった。

∴　もうすぐ選択《せんたく》の時《とき》は来《く》る　∴

・　だから、あなたに約束《やくそく》を伝《つた》える　・

ネツァクが、そう言《い》ったとたん――

視《し》　界《かい》　が

ぐ　る　っ　と

回《まわ》　っ　た。

真《ま》っ暗《くら》な世界《せかい》に、まぶしい光《ひかり》だけがかがやいていた。

あたしはいま、ネツァクの目線《めせん》で、遠《とお》い過去《かこ》の**ネツァク**の**記憶《きおく》**を見《み》てるんだ。

『**【はじまりの光《ダアト》】**よ、約束《やくそく》をしてください。我々《われわれ》が生命力《せいめいりょく》を与《あた》えます。だから、世界《せかい》が三〇〇年《ねん》に一度《ど》、終《お》わってはじまってしまうことなく、つづくことができるように』

光《ひかり》の名前《なまえ》は、ダアトっていうんだ。

ダアトが、ネツァクにこたえるように、世界《せかい》をエメラルドの光《ひかり》にそめて。

頭《あたま》の中《なか》に、うたがながれた。

約束《やくそく》をしよう　ダアトと　世界《せかい》をはじめるときの
星《ほし》がならぶとき　はじまりの場所《ばしょ》で　名前《なまえ》を呼《よ》んで
影法師《かげぼうし》をおいかけて　世界《せかい》を終《お》わらせない　約束《やくそく》をしよう

【はじまりの光《ひかり》】のうたと、【ヴィーナスの詩《うた》】は、少《すこ》しだけ歌詞《かし》がちがった。

なんでだろう？　と思《おも》ったとき、シャルルの言葉《ことば》がうかんだ。

――**人《ひと》が伝《つた》える歴史《れきし》には、必《かなら》ず、伝《つた》える者《もの》の意思《いし》がはいる**――

【ヴィーナスの詩《うた》】を伝《つた》えた者《もの》にも、意思《いし》があったのかもしれない。そして、直感《ちょっかん》でわかった。

【はじまりの光《ひかり》】のうたが**正《ただ》しい**って。

それからダアトは、ネツァクに、もともと持《も》っていた能力《のうりょく》に加《くわ》えて。

宣言《せんげん》をする役割《やくわり》と。

「Ｅｎｄ Ｔｉｍｅ《エンドタイム》」の力《ちから》を与《あた》えたんだ。

いままで、なんで夢《ゆめ》を見《み》てきたのか、やっとわかった。

ネツァクが、**子孫《しそん》に歴史《れきし》を伝《つた》えて、会合《かいごう》の準備《じゅんび》をさせるために、夢《ゆめ》を見《み》させてたんだ。**

景色《けしき》が、サッと変《か》わって、あたしはまた円形劇場《えんけいげきじょう》にいた。
「世界《せかい》を終《お》わらせないで、つづけるために、生命力《せいめいりょく》を与《あた》えるの？」
⁛ そう。さあ、最後《さいご》の準備《じゅんび》をはじめて。はじまりの樹《き》の欠片《かけら》を集《あつ》めるのよ ⁛
はじまりの樹《き》の欠片《かけら》ってなんだろう？
でも、その質問《しつもん》にネツァクが答《こた》える前《まえ》に――
足《あし》が、地面《じめん》について、**夢《ゆめ》は終《お》わった**。
あたしは、穴《あな》の底《そこ》にたどりついたんだ。
ネツァクの言《い》う「はじまりの樹《き》の欠片《かけら》」っていうのを、あたしは知《し》らない。
だから、いつか、BS《ビーエス》の研究者《けんきゅうしゃ》のお父《とう》さんに会《あ》えたときに聞《き》こう！
まずは、**暗号《あんごう》を壊《こわ》すこと**に専念《せんねん》するんだ。
ロープを一回《かい》だけ引《ひ》っぱることで、底《そこ》についたことを知《し》らせる。
ヘッドライトは、ほんの数十《すう》センチ先《さき》しか照《て》らさない。
「**ダイアモンド**と、**真珠《しんじゅ》**の暗号《あんごう》を壊《こわ》したいです」
と願《ねが》って、一歩《ぽ》ふみだしたとき。
足元《あしもと》に、ダイアモンドと真珠《しんじゅ》でできた**石板《せきばん》**を見《み》つけた。

「すごい！　**本当《ほんとう》にあった！**」

あたしのコンタクトは、いま通信《つうしん》を切《き》っている。だから、この石板《せきばん》はあたしにしか見《み》えてない。

ぐっとこぶしをにぎったとき、ふと、この暗号《あんごう》を壊《こわ》してしまっていいのか、**不安《ふあん》**になった。

それでも、世界《せかい》を終《お》わらせないために。

石板《せきばん》をたたき割《わ》ろうとしたとたん――

「え？」

石板《せきばん》は、ひとりでに崩《くず》れていった。

砂《すな》のように細《こま》かくなった石板《せきばん》は、あたしの足元《あしもと》にちりをつもらせた。

きっと、ここには、不思議《ふしぎ》な力《ちから》があるんだ。

そう、感覚《かんかく》でわかった。

ロープを二回《かい》引《ひ》けば、あたしのこしについたひもが引《ひ》っぱられて、身体《からだ》が上《あ》がっていく。

かすかな光《ひかり》が見《み》えたとき。

「「「おかえり」」」

ゆっくりとまばたきをすれば、マキとレオとシャルルがいて、泣《な》きそうなくらい安心《あんしん》した。

「暗号《あんごう》を壊《こわ》せたよ！」

「よし、よくやった！　行《い》こう、ティルが脱出経路《だっしゅつけいろ》を用意《ようい》したらしい」

レオの言葉《ことば》に、あたしは穴《あな》を振《ふ》り返《かえ》って。

ありがとうございました、と小《ちい》さくつぶやいた。

そうして、あたしたちは、忘《わす》れられた穴《あな》から静《しず》かに立《た》ち去《さ》った。


「よくやったね」

車内《しゃない》で待《ま》っていたティルは、満足気《まんぞくげ》にほほ笑《え》んでいた。

あたしたちは、ティルの誘導《ゆうどう》で、Ｒｅ：Ｓｔａｒｔ《リスタート》にバレることなく。

バトゥ洞窟《どうくつ》をあとにした。

これで、暗号《あんごう》が一〇個《こ》そろうことはない。

だから、エメラルド島《とう》が出現《しゅつげん》することもない。

あたしの頭《あたま》に、一瞬《いっしゅん》だけ、お母《かあ》さんとお父《とう》さんのことがよぎった。

でも、エメラルド島《とう》に二人《ふたり》がいる可能性《かのうせい》は、きっとそんなに高《たか》くない。

だから、暗号《あんごう》がそろわないことで、島《しま》に行《い》けなくなっても、いいやって思《おも》えた。

「よし、**これでプロ試験《しけん》に集中《しゅうちゅう》できるぞ！**」

13. 真夜中《まよなか》の侵入大作戦《しんにゅうだいさくせん》

マレーシア 〈6月8日《がつようか》 PM《ピーエム》11：59〉

「こちらN《エヌ》、オフィスに侵入完了《しんにゅうかんりょう》!」

嵐《あらし》のような強《つよ》い風《かぜ》が吹《ふ》く夜《よる》。

あたしは、闇《やみ》のなかを飛《と》んで、開《ひら》いた窓《まど》から、ツインタワーのオフィスに忍《しの》び込《こ》んだ。

明《あ》かりのついていない、がらんとしたオフィスは、いつもとちがう場所《ばしょ》に見《み》えた。

いまは、体格《たいかく》を大《おお》きく見《み》せる特殊《とくしゅ》スーツに、別人《べつじん》の顔《かお》マスクをしていて、変装《へんそう》はカンペキだ!

その上《うえ》に、万《まん》が一《いち》にそなえて、睡眠《すいみん》ガスを使《つか》えるように、ガスマスクもつけてるんだ。

――こちら一条《いちじょう》! いま、警備員《けいびいん》が通《とお》る窓《まど》を、遠隔《えんかく》で開《あ》けたぞ!――

――こちらタロ。三秒後《びょうご》に、警備員《けいびいん》を麻酔弾《ますいだん》で眠《ねむ》らせるよぉ――

タロは、ここから約《やく》二・三キロ離《はな》れたタワーにいる。

そこから、開《あ》いた窓《まど》のすきまをぬって。

パシュッ　警備員《けいびいん》を麻酔弾《ますいだん》で狙撃《そげき》した。

タロは、狙《ねら》った獲物《えもの》は必《かなら》ずしとめる、すご腕《うで》のスナイパーなんだ。

足音《あしおと》を消《け》したあたしは、オフィスの南側《みなみがわ》のセキュリティルームの前《まえ》にやってきた。

ドアについた四角《しかく》い機械《きかい》に、カードをかざせば。

ピピッ　カチッ　ドアの鍵《かぎ》が開《あ》く音《おと》がした。

――こちらさとる。いま、AI《エーアイ》セキュリティをバグらせたよ。五分《ふん》で終《お》わらせてね――

うなずきながら室内《しつない》に入《はい》れば、教室《きょうしつ》くらいの広《ひろ》さの部屋《へや》に、巨大《きょだい》なコンピューターがあった。

スーパーコンピューターっていう、ぼう大《だい》な情《じょう》報《ほう》をあつかえる最新《さいしん》の機械《きかい》だ。

タイムリミットは五分《ふん》。

あたしは、コンピューターを起動《きどう》して、本体《ほんたい》に

『**侵入《しんにゅう》マイクロチップ**』をさしこんだ。

これをさすことで、ハッカーの侵入《しんにゅう》が簡単《かんたん》になるんだ。

真《ま》っ暗《くら》な部屋《へや》に、コンピューターの画面《がめん》の、青《あお》い光《ひかり》だけがぼんやりと光《ひか》ってる。

―パスワードを解析中《かいせきちゅう》……**わかったぞ！**―

一条《いちじょう》の声《こえ》とともに、あたしの視界《しかい》に、パスワードがうかんだ。

あたしのつけてるコンタクトは、あたしが見《み》たデータを送《おく》るだけじゃなくて、仲間《なかま》から送《おく》られてきたデジタル情報《じょうほう》を映《うつ》すこともできるんだ。

パスワードを打《う》ち込《こ》めば。

「ひらいた！」

―**侵入成功《しんにゅうせいこう》**よ。遠隔操作《えんかくそうさ》ができるようになったわ―

コンピューターの画面《がめん》が、勝手《かって》に操作《そうさ》されていくのは、ちょっと不思議《ふしぎ》な光景《こうけい》だ。

あたしは、もう一つのアイテムの、オリハルコンの入《はい》った『**読《よ》みとりくん２《セカンド》**』を本体《ほんたい》にさした。

ギリシャでマキがつくった、高速《こうそく》データ読《よ》みとりくんの最新版《さいしんばん》だ。

ふつうではぬきとれない情報《じょうほう》も、高速《こうそく》でダウンロードすることができるんだ。

のこり、**四分《ぷん》**。

これならよゆうで任務《ミッション》を達成《たっせい》できそうだ！

――情報《じょうほう》を見《み》つけたわ！　いま読《よ》み込《こ》むわね――

【アースボール公開式《こうかいしき》】というフォルダを、シャルルがひらく。

――解析《かいせき》は、後日《ごじつ》するけど……アースボールのありかがわかったわ。シンガポールよ！――

ピアスごしに、マキや一条《いちじょう》たちのよろこびの声《こえ》が聞《き》こえてきた。

――わっ　ビル内《ない》に、**何者《なにもの》かの気配《けはい》を察知《さっち》！**　一直線《いっちょくせん》に、この部屋《へや》に近《ちか》づいてるぞ！　到達《とうたつ》するまで約《やく》三〇秒《びょう》だ！――

一条《いちじょう》の声《こえ》に、心臓《しんぞう》がはねあがった。

――読《よ》みとりに、あと**二〇秒《びょう》**はかかるわ――

「大丈夫《だいじょうぶ》！　一〇秒《びょう》もあれば逃《に》げれるよ！」

声《こえ》を出《だ》さず、舌《した》の動《うご》きだけで答《こた》えたあたしは、逃《に》げ道《みち》を確認《かくにん》した。

セキュリティルームから出《で》たあと、オフィスの窓《まど》から、外《そと》に逃《に》げるんだ。

――敵《てき》の動《うご》きは、想定《そうてい》よりも速《はや》い。**監視《かんし》カメラの死角《しかく》**を通《とお》っている、ただ者《もの》じゃないぞ！――

――わぁ、だめだ。窓《まど》の前《まえ》を通《とお》るときしゃがんだよぉ。相手《あいて》は**スナイパーの警戒《けいかい》**もしてる――

一条《いちじょう》とタロの言葉《ことば》に、呼吸《こきゅう》がどんどん浅《あさ》くなる。

――部外者《ぶがいしゃ》の侵入《しんにゅう》まで、あと七秒《びょう》――

一条《いちじょう》のうわずった声《こえ》に、あたしはこぶしをにぎる。

――読《よ》みとりが終《お》わったわ！　**はやく逃《に》げて！**――

シャルルの声《こえ》と同時《どうじ》に、あたしは『侵入《しんにゅう》マイクロチップ』と『読《よ》みとりくん２《セカンド》』をぬいた。

――もう廊下《ろうか》にいるぞ！――

あたしは、証拠《しょうこ》や痕跡《こんせき》がのこっていないことをチェックして、セキュリティルームを出《で》ると。

走《はし》りながら『**隠《かく》れタイ**』を羽織《はお》って、開《ひら》いた窓《まど》に足《あし》をかけた。

ここから飛《と》んで、地上《ちじょう》に降《お》りるんだ。

「そこにいるのは、何者《なにもの》だ！」

そのするどい声《こえ》に聞《き》き覚《おぼ》えがあって、あたしはミスをした。

すぐに飛《と》び出《で》ないといけなかったのに、振《ふ》り返《かえ》ってしまったんだ。

突風《とっぷう》が吹《ふ》いて、『隠《かく》れタイ』が頭《あたま》からずれ落《お》ちた。

雲間《くもま》からこぼれた月光《げっこう》が、窓《まど》からさしこみ。

敵《てき》の姿《すがた》をあらわにした。

白《しろ》い制服《せいふく》に身《み》をつつんだ――**ヴェールだ。**

STAGE II

1. ビル、ビル、ビル！

なんでヴェールがここにいるの？　アースボールの情報《じょうほう》を盗《ぬす》むため？

——N《エヌ》、落《お》ちつけ、大丈夫《だいじょうぶ》だ。計画《けいかく》どおり、そのまま窓《まど》から逃《に》げるんだ——

レオの冷静《れいせい》な声《こえ》に、速《はや》くなった鼓動《こどう》が少《すこ》しだけ落《お》ちついた。

あたしはいま、体格《たいかく》も顔《かお》も変《か》えているから**大丈夫**《だいじょうぶ》。バレないはず。

声《こえ》は変《か》えてないから、絶対《ぜったい》に出《だ》したらだめだ。

ヴェールとは、まだ七メートルくらい距離《きょり》がある。一秒《びょう》もムダにはできない。

あたしは、開《ひら》いた窓《まど》から、身《み》をのり出《だ》した。

「逃《に》げるな！　貴様《きさま》は何者《なにもの》だ！」

その声《こえ》と同時《どうじ》に、何《なに》かが、あたしの手首《てくび》にからみついた。

白《しろ》い鎖《くさり》だ。特殊《とくしゅ》な素材《そざい》でできていて、自分《じぶん》じゃ外《はず》せないってわかった。

一瞬《いっしゅん》の判断《はんだん》ミスで、**これ**だ。

ヴェールは、長《なが》い鎖《くさり》のさきをにぎっているだけ。これなら、ヴェールが手《て》をはなせば逃《に》げられる。

睡眠《すいみん》ガスで眠《ねむ》らせれば、手《て》をはなすはず！

強力《きょうりょく》な睡眠《すいみん》ガスを出《だ》すアイテム『おやすみん』をポケットからとりだしたとき——

一瞬《いっしゅん》で、距離《きょり》をつめられた。

ヴェールの手《て》が、あたしのガスマスクを外《はず》すのに、反応《はんのう》すらできなかった。

ガッ　ヴェールの爪《つめ》が、あたしの首《くび》にあたる。

やられた。これじゃ、睡眠《すいみん》ガスもまけない。

ヴェールのギラッと燃《も》える視線《しせん》が、まっすぐにあたしの**首元《くびもと》のチョーカー**を射貫《いぬ》いた。

「やはり、お前《まえ》は、**エメラルドのBS《ビーエス》**だったか！」

マズい!!　ガスマスクで隠《かく》れてたチョーカーを見《み》られたんだ。

もう、このまま飛《と》んで逃《に》げるしかない！

あたしは、ヴェールの鎖《くさり》とつながったまま、外《そと》へ飛《と》び出《だ》した。

『マホウ・ノ・ボード』を起動《きどう》して、空《そら》を飛《と》ぶ。

さすがのヴェールも、空《そら》まで追《お》っては来《こ》れないでしょ！　鎖《くさり》をはなして、あきらめるはずだ！

ふうっと、息《いき》をついたとき——**グッと鎖《くさり》が引《ひ》かれた。**

背後《はいご》を見《み》れば、周《まわ》りのビルに、二本目《ほんめ》の白《しろ》い鎖《くさり》をかけたヴェールが、ジャングルのツタをわたるように、ビルの間《あいだ》を飛《と》んで追《お》いかけてきていた。

決《けっ》してはなさない、というように、鎖《くさり》を手首《てくび》にぐるぐる巻《ま》いて。

うそうそ！　そんなのあり!?

執念《しゅうねん》がすごすぎる！

「貴様《きさま》を絶対《ぜったい》に、逃《に》がしはしない！」

――おいらの出番《でばん》だね。N《エヌ》、**こっちに近《ちか》づいて。**

ちょっと痛《いた》くてもゆるしてね――

あたしは真夜中《まよなか》の空《そら》を駆《か》けて、タロのいるタワーへ向《む》かった。

鎖《くさり》のついた右手首《みぎてくび》を、月光《げっこう》に照《て》らす。

シュンッ　風《かぜ》を切《き》りさく音《おと》がして、あたしの右手《みぎて》に衝撃《しょうげき》がつたわった。

タロが、鎖《くさり》を撃《う》ちぬいてくれたんだ！

さすがスナイパーの天才《てんさい》だ！

白《しろ》い鎖《くさり》は粉々《こなごな》にちらばって、人気《ひとけ》のない芝生《しばふ》に落《お》ちていった。

「やはり**集団**《しゅうだん》で動《うご》いているな。エメラルドのBS《ビーエス》は、CSCO《シーエスシーオー》のスパイでまちがいないな！」

さっきの衝撃《しょうげき》で、右手《みぎて》にうまく力《ちから》が入《はい》らない。

ヴェールも同《おな》じようで、右手《みぎて》をだらんとさせている。

ブワッ　突然《とつぜん》、いきおいよく風《かぜ》が吹《ふ》いた。

突風《とっぷう》によって、ヴェールがビルにかけていた鎖《くさり》が、はずれた。

「くっ」

ヴェールが、地上数十《ちじょうすう》メートルから、**落《お》ちる。**

〇・一秒《びょう》で考《かんが》える——腕《うで》はだめ、マスクをとられる。

つかむなら、足《あし》だ！

あたしは、落《お》ちていくヴェールのもとへ飛《と》んだ。

その足首《あしくび》をつかむと、見開《みひら》かれた灰色《はいいろ》のひとみを見《み》ながら。

あたしは、ヴェールを近《ちか》くのビルの屋上《おくじょう》にほうりなげた。

受《う》け身《み》をとって屋上《おくじょう》をころがったヴェールが、空《そら》を飛《と》ぶあたしを見上《みあ》げた。

その灰色《はいいろ》のひとみに、とまどいの色《いろ》がうかぶ。

けれど、それは、まばたきの間《あいだ》に消《き》えて。

「礼《れい》は、言《い》わない。**私《わたし》は貴様《きさま》を捕《と》らえる。**この命《いのち》がつきようとも、**絶対《ぜったい》にだ**」

自分《じぶん》に言《い》い聞《き》かせるような、ヴェールの声《こえ》が、星空《ほしぞら》にひびく。

その眼《め》に宿《やど》る、命《いのち》を燃《も》やすような**正義《せいぎ》**が、怖《こわ》かった。

理解《りかい》し合《あ》うことを全《すべ》て拒絶《きょぜつ》するような眼《め》だった。

あたしは何《なに》も言《い》わず。

常夏《とこなつ》の夜《よる》の熱《ねつ》のなかを駆《か》けぬけて。

ヴェールから逃《に》げきった。

2．ドロボウと警察《けいさつ》

次《つぎ》の日《ひ》、あたしはいつも通《どお》り、会社《かいしゃ》にやってきた。

昨日《きのう》の夜《よる》、ヴェールの爪《つめ》があたった部分《ぶぶん》は、アイテム部《ぶ》の開発《かいはつ》した人工皮《じんこうひ》ふだったから、あとも残《のこ》っていない。銃弾《じゅうだん》の衝撃《しょうげき》でしびれていた手《て》も、もうもとどおりだ。

そしてヴェールも、いつも通《どお》り、やる気《き》と執念《しゅうねん》に満《み》ちていた。

そんなヴェールと一緒《いっしょ》に、今日《きょう》もたくさんの会議《かいぎ》をしたんだ。

いろんな国《くに》の社長《しゃちょう》クラスの人《ひと》と関《かか》わるときは、それぞれの文化《ぶんか》のマナーを考《かんが》えて行動《こうどう》をしないといけないから、かなり神経《しんけい》をつかう。

しかも、『スペード印《じるし》』とつながってる会社《かいしゃ》は、裏社会《うらしゃかい》でわるいことをしているような、要注意人物《ようちゅういじんぶつ》が多《おお》いから、気《き》がぬけないんだ。

こういうとき、CSCO《シーエスシーオー》の学園《がくえん》で、三日《みっか》おきに言語《げんご》やふるまいを変《か》えて、いろんな文化《ぶんか》を体験《たいけん》しながら生活《せいかつ》していて、よかったって思《おも》う。

おかげで、サッと頭《あたま》を切《き》りかえられるからね。

よし、今日《きょう》もあたしは仕事《しごと》をやりきった。

帰《かえ》ったら、ごほうびにレモネードを飲《の》むぞ！

カバンをもって、帰《かえ》ろうとしたとき、上司《じょうし》のバーバルに呼《よ》び止《と》められた。

「ドーリー、ヴェール、すまないが、**緊急《きんきゅう》の会議《かいぎ》**だ！　二人《ふたり》で**マラッカ**まで行《い》ってくれ」

マラッカっていうのは、マレーシアの南西《なんせい》にある、世界遺産《せかいいさん》に登録《とうろく》されている街《まち》だ。

カラフルな建物《たてもの》がならぶ、歴史《れきし》ある場所《ばしょ》で、行《い》ってみたかったところだ！

でも、うそでしょ！　**ヴェールと二人《ふたり》で行《い》くの!?**

たとえ心《こころ》の中《なか》で悲鳴《ひめい》を上《あ》げても、世界一《せかいいち》のスパイになるあたしは、最高《さいこう》の笑顔《えがお》で答《こた》えた。

「かしこまりました！」

「マラッカの会議《かいぎ》では、ティルさんもいらっしゃるから、気《き》をぬかないようにね」

絶望《ぜつぼう》でくずれかけた笑顔《えがお》も、なんとかつくりなおす。

「**行《い》くぞ、ドーリー**。必要《ひつよう》な資料《しりょう》は、車内《しゃない》で作《つく》るぞ」

「うん」

そうして、約《やく》二時間《じかん》三〇分《ぷん》、タクシー車内《しゃない》で、**ヴェールと二人《ふたり》きり**になることが決《き》まった。

相手《あいて》は、**世界警察《せかいけいさつ》**だ。しかも、昨晩《さくばん》、鎖《くさり》でつながれたばかりの。

あたしは、ちょうど雨《あめ》があがった空《そら》を見上《みあ》げて思《おも》った。

ああ、現実《げんじつ》は無情《むじょう》だ！

日《ひ》が暮《く》れはじめて、黄金色《こがねいろ》の光《ひかり》が、海《うみ》の向《む》こうにしずんでいく。

人《ひと》の顔《かお》の見分《みわ》けがつきづらくなる、黄昏時《たそがれどき》。予約《よやく》したタクシーのそばにやってきたとき。

「**ドロボウだ！**　だれか捕《つか》まえてくれ！　たたかれた！」

そう、叫《さけ》び声《ごえ》が聞《き》こえてきた。

振《ふ》り返《かえ》れば、遠《とお》くで屋台《やたい》の店員《てんいん》が叫《さけ》んでいて。

目《め》の前《まえ》から、一人《ひとり》**の男《おとこ》**が、パンをかかえながら、逃《に》げるように走《はし》ってきた。

「え！」

同時《どうじ》に、背後《はいご》から視線《しせん》を感《かん》じた。

ヴェールが見《み》てる。

ここでドロボウを捕《つか》まえたら、あやしまれるかもしれない。

でも、捕《つか》まえなかったら、店員《てんいん》さんが困《こま》ったままだ。

だから、あたしは、男《おとこ》の腕《うで》をつかんだ。

そして、その足《あし》をはらって、地面《じめん》にひざをつかせた。

あたしをジッと見《み》つめる、ヴェールの灰色《はいいろ》のひとみに、息《いき》がつまった。

見《み》られているのも、あやしまれているのも、**わかってた。**

でも、あたしはドロボウを捕《つか》まえたことを、後悔《こうかい》してない。

「えっと、**護身術**《ごしんじゅつ》をならってるから、つい身体《からだ》が動《うご》いちゃうんだよね」

バレてないよね？　大丈夫《だいじょうぶ》だよね？

うなずいたヴェールが、あたしをどかして、男《おとこ》の腕《うで》を背中《せなか》でまとめた。

男《おとこ》の手《て》から、ロティチャナイという平《ひら》たいパンが落《お》ちる。

ヴェールは低《ひく》い声《こえ》で**質問**《しつもん》をはじめた。

「お前《まえ》を警察《けいさつ》につきだす。その前《まえ》に、お前《まえ》が何《なに》をしたのか話《はな》せ」

警察《けいさつ》という言葉《ことば》に、男《おとこ》はかたまった。

「お、お願《ねが》いです！　警察《けいさつ》はやめてください」

走《はし》ってきた店員《てんいん》が、顔《かお》をしかめてどなった。

「そのドロボウにたたかれたんだ！　そいつを警察《けいさつ》につきだせ！」

「すみません……たたくつもりなんて、ありませんでした。パンを盗《ぬす》んだことを**後悔**《こうかい》しています。

お金《かね》がなかったんです。わたしには子《こ》どもが三人《にん》いて、お腹《なか》をすかせて待《ま》っていて――」

「**お前《まえ》のような罪《つみ》をおかした人間《にんげん》を、世界中《せかいじゅう》で見《み》てきた。**皆《みな》、同《おな》じことを言《い》っていた。お前《まえ》の状《じょう》況《きょう》は関係《かんけい》ない。お前《まえ》の罪《つみ》だけを話《はな》せ」

「ちょっとまって！　**話《はなし》を聞《き》かせて**」

肩《かた》をふるわせる男《おとこ》と目《め》が合《あ》った。その眼《め》には、疲《つか》れと後悔《こうかい》がまざり合《あ》って光《ひかり》が消《き》えかけていた。

「数年前《すうねんまえ》、ふるさとで**大災害《だいさいがい》**がおきて住《す》めなくなったんです。だから、マレーシアに来《き》て、仕事《しごと》をもらって、家族《かぞく》をささえながら、**真面目《まじめ》に働《はたら》いていたんです。**で、でも、この前《まえ》の大雨《おおあめ》のせいで、家《いえ》も、仕事《しごと》も、なにもかも失《うしな》ったんです」

うなだれた男《おとこ》の眼《め》には、涙《なみだ》がうかんでる。

「はじめて、ものを盗《ぬす》みました。さっきのわたしは、どうかしていました。本当《ほんとう》にすみませんでした。……これから働《はたら》いて、パン代《だい》のお金《かね》を返《かえ》します。だから、**どうか、見逃《みのが》してください**」

男《おとこ》は頭《あたま》を下《さ》げる。けれど、まだ怒《おこ》っている店員《てんいん》は、首《くび》を横《よこ》にふった。

「**お願《ねが》いします！**　何《なに》もかも失《うしな》って、お腹《なか》がへっていたんです。もう、世界《せかい》がこんなにも、おかしくなってしまったから、わたしまで、おかしくなってたんです」

顔《かお》を上《あ》げた男《おとこ》のこけたほおには、涙《なみだ》が流《なが》れ、細《ほそ》い肩《かた》はふるえていた。

あたしは、たえきれなかった。

あたしが【ヴィーナスの詩《うた》】をうたったからだ。

だから、異常気象《いじょうきしょう》も増《ふ》えたんだ。

だから、悲《かな》しい思《おも》いをする人《ひと》が、増《ふ》えてるんだ。

――N《エヌ》、世界《せかい》がおかしくなったのは、**お前《まえ》のせいじゃない。**全人類《ぜんじんるい》が関係《かんけい》していることだ。だから、いまは、むだなことは考《かんが》えなくていい――

あたしの心《こころ》を読《よ》んだみたいな、レオの言葉《ことば》に。

少《すこ》しだけ息《いき》がしやすくなった。

ヴェールに向《む》き合《あ》おう、と思《おも》ったとき、そのまなざしに、**ゾッ**とした。

その眼《め》に、男《おとこ》は映《うつ》っていない。

その眼《め》には、正《ただ》しさだけをつきつめる、ゆらがない炎《ほのお》だけがともっていた。

太陽《たいよう》は、もう落《お》ちた。

「お前《まえ》は店員《てんいん》をたたき、物《もの》を盗《ぬす》んだ。その罪《つみ》は消《き》えない。通報《つうほう》はしてある。警察《けいさつ》はすぐに来《く》る」

男《おとこ》の眼《め》から、光《ひかり》が消《き》えた。

「罪《つみ》をおかした人間《にんげん》は、変《か》わらない」

「待《ま》って、ヴェール！　そんなことない。人《ひと》は変《か》われるよ！」

人《ひと》は、変《か》われる。いままでいろんなことを経験《けいけん》して、あたし自身《じしん》が変《か》わったんだから。

あたしは、地面《じめん》にちらばったパンをひろって、お金《かね》をだした。

「**パンはあたしが買《か》う。お金《かね》を店員《てんいん》さんに払《はら》う。**だから、この人《ひと》の罪《つみ》は、お店《みせ》の人《ひと》をたたいたことだけにして」

ヴェールは、あたしを見下《みお》ろす。

「お前《まえ》の正義《せいぎ》をふりかざすのはかまわない。だが、この国《くに》にはこの国《くに》の**ルール**がある。そして、この男《おとこ》は、そのルールをやぶり、悪《あく》の行為《こうい》をするという選択《せんたく》をした。**悪《あく》は、悪《あく》だ**」

「そうするしか**選択肢《せんたくし》がなかったから**だよ！　この人《ひと》は、悪《わる》いことをしたかもしれないけど――」

「**悪《あく》は、裁《さば》かねばならない。**それが**私《わたし》の正義《せいぎ》**だ」

ヴェールの、正義《せいぎ》を語《かた》るするどいひとみを見《み》て、思《おも》った。

何《なに》を言《い》っても、**むだ**だって。

「私《わたし》は、見《み》たことを正直《しょうじき》に話《はな》す。同情《どうじょう》は一切《いっさい》しない。男《おとこ》がどうなろうと、**私《わたし》には関係《かんけい》ない**」

通報《つうほう》にかけつけた警察《けいさつ》に、ヴェールは男《おとこ》をひきわたした。

去《さ》りぎわに、男《おとこ》は静《しず》かな目《め》で、あたしを見《み》て、小《ちい》さくえしゃくをした。

――N《エヌ》、マレーシアは**治安《ちあん》**がいい。この国《くに》を守《まも》っている警察《けいさつ》は、ちゃんと**事情《じじょう》**を聞《き》いてくれるはずだ。彼《かれ》は大丈夫《だいじょうぶ》だ。いまは、任務《ミッション》に集中《しゅうちゅう》しろ――

レオの声《こえ》を聞《き》いて、あたしは、こぶしをにぎることしかできなかった。

異常気象《いじょうきしょう》や災害《さいがい》がなければ、彼《かれ》はパンを盗《ぬす》むこともなかったんだ。

そしたら、店員《てんいん》さんも、品物《しなもの》をとられることも、たたかれることもなかった。

あたしは、目《め》の前《まえ》を歩《ある》く、灰色《はいいろ》の髪《かみ》のヴェールを見《み》て思《おも》った。

ヴェールのことを、**理解《りかい》はできるけど、受《う》け入《い》れられない**。

なんで、CSCO《シーエスシーオー》と世界警察《せかいけいさつ》が、三〇〇年前《ねんまえ》から対立《たいりつ》しているのか、わかった。

世界警察《せかいけいさつ》は、悪《わる》いことをした人《ひと》を必《かなら》ず裁《さば》く。

一生出《いっしょうで》られない監獄《かんごく》にいれて、**二度《にど》とチャンスを与《あた》えない**。

なぜなら、悪《わる》いことをした人《ひと》は、**変《か》わらない**と思《おも》っているからだ。

世界警察《せかいけいさつ》はCSCO《シーエスシーオー》のスパイを悪《あく》と判断《はんだん》して、捕《つか》まえようとするから、対立《たいりつ》しつづけてるんだ。

変《か》わりつづけるCSCO《シーエスシーオー》とは、**あいいれないんだ。**

「ドーリー。会議《かいぎ》におくれる。早《はや》く行《い》くぞ」

うす暗《ぐら》い道《みち》を走《はし》るタクシーのなか。

あたしは、ヴェールのとなりに座《すわ》りながら。

ヴェールに対《たい》するもやもやの気持《きも》ちを、なんとかきりかえようと思《おも》った。

「えーっと、仕事《しごと》の準備《じゅんび》をしないとね！」

資料《しりょう》をつくるために、ひざの上《うえ》でノートパソコンをひらいたとき。

「私《わたし》は、**お前《まえ》を疑《うたが》っている**」

「……え？」

「私《わたし》には、大事《だいじ》にしている正義《せいぎ》がある。そして、**その正義《せいぎ》に反《はん》する者《もの》を捜《さが》してる**」

「ふ、ふぇ～……そうなんだ？」

突然《とつぜん》の言葉《ことば》に、心臓《しんぞう》がとびでるかと思《おも》った。

え、**いますぐ逃《に》げるべき？**

――ナノ、早《はや》まるな。まだ手錠《てじょう》を出《だ》していない。話《はなし》を最後《さいご》まで聞《き》こう――

はりつめたレオの声《こえ》が聞《き》こえて、あたしは背中《せなか》に流《なが》れる汗《あせ》を、ただただ感《かん》じた。

「そして私《わたし》は、**お前《まえ》が、正義《せいぎ》に反《はん》する者《もの》**だと疑《うたが》っている。だが、先《さき》ほどお前《まえ》がドロボウを捕《つか》まえたことに、**敬意《けいい》**をあらわし、私《わたし》は正直《しょうじき》に伝《つた》えた」

そう告《つ》げたヴェールは、あたしの首元《くびもと》を見《み》た。エメラルドのチョーカーは、会社《かいしゃ》に行《い》くときは、太《ふと》ももにつけているから、いま、そこには何《なに》もない。

ヴェールのすがすがしいほどの真面目《まじめ》さに、あたしの心臓《しんぞう》はひっくり返《かえ》って、そのまま宙返《ちゅうがえ》りして、もとにもどった。逆《ぎゃく》に冷静《れいせい》になったんだ。

「えっと、よくわからないんだけど。あのさ、そのヴェールの正義《せいぎ》に反《はん》する人《ひと》が、**良《い》い人《ひと》**だったら、どうするの？」

ヴェールの視線《しせん》は、痛《いた》いくらいあたしにつきささる。でも、真剣《しんけん》に答《こた》えてくれた。

「**正義《せいぎ》に反《はん》した者《もの》は、全《すべ》て罰《ばっ》する**。たとえ、その者《もの》がどんなに良《い》い人間《にんげん》だったとしても、だ」

そう言《い》ったヴェールのひとみは、さっきの男《おとこ》に向《む》けていた眼《め》と、**同《おな》じ**だった。

このあとも、あたしを全力《ぜんりょく》で疑《うたが》っている世界警察《せかいけいさつ》と、タクシーですごすんだ。

とにかく、絶対《ぜったい》に、**油断《ゆだん》しないぞ！**

「そろそろ起《お》きろ、ドーリー」

ゆさぶられて、ハッとした。

ぐっすり**寝**《ね》**てた**。ヴェールの肩《かた》で。

「え、ごめん、寝《ね》てた⁉」

ヴェールが、何《なに》も言《い》わずに、ハンカチをさし出《だ》してきた。

あたしはそのハンカチで、そっとよだれをふいた。

「……別《べつ》に構《かま》わん、**資料**《しりょう》**はできた**」

「会議《かいぎ》に使《つか》う資料《しりょう》まで、つくってくれたの⁉」

「あたりまえだろう、必要《ひつよう》なのだから」

おどろいた。ヴェールが、あたしを起《お》こさないで肩《かた》をかしてくれたことも、資料《しりょう》をつくってくれたことも、ハンカチをかしてくれたことも。

意外《いがい》とやさしいところもあるんだ。

「ヴェール、あなたって**いい人**《ひと》だね」

「きみは、**不思議**《ふしぎ》**だ**。皆《みな》の前《まえ》ではよく働《はたら》き、よくミスをするが、そのカバーも全力《ぜんりょく》でやる」

これは、ほめられてるんだよね？

「だが、気《き》をぬくと**まるで子**《こ》**どもだ**。そんなあべこべなところに、ティルさんはひかれたのかもしれないな。……なあ、きみたちは恋人《こいびと》だと言《い》っていたが、**どこで出会《であ》ったんだ？**」

あたしは、笑顔《えがお》がくずれないように、顔面《がんめん》に力《ちから》を込《こ》めた。

ヴェールの言葉《ことば》には、単純《たんじゅん》な興味《きょうみ》だけではない、探《さぐ》るような気迫《きはく》があった。

「初日《しょにち》のあいさつのときに、**初《はじ》めて会《あ》った**んだよ。彼《かれ》、あたしに**一目《ひとめ》ぼれ**したみたい」

ざまあみろ。

胸《むね》をはってタクシーをおりたあたしは、よだれをふいたハンカチを返《かえ》そうとして、とまった。

あたしの**遺伝子情報《いでんしじょうほう》**がここから調《しら》べられる可能性《かのうせい》もある。

「洗《あら》って返《かえ》すね！」

あたしは、赤《あか》レンガの建物《たてもの》のならぶマラッカで。

ティルのいる会議《かいぎ》に参加《さんか》するために、歩《ある》きだした。

3. ティルの借《か》り

夜《よる》に開《ひら》かれた緊急会議《きんきゅうかいぎ》は、ティルのおかげで最速《さいそく》で終《お》わった。

会社《かいしゃ》から出《で》て、ヴェールと別《わか》れたあと。

あたしは、夜《よる》のマラッカの川《かわ》ぞいを、タクシーを呼《よ》びやすい道《みち》に向《む》かって歩《ある》いた。

「ディナーでもどうかな？　**わたしが一目《ひとめ》ぼれしたお嬢《じょう》さん**」

聞《き》きあきた声《こえ》に振《ふ》り返《かえ》れば、小首《こくび》をかしげて、髪《かみ》を夜《よる》の光《ひかり》にきらめかせるティルがいた。

「ティルって、あたしのことを**盗聴**《とうちょう》してるの？」

ティルは、ニコッと笑《わら》うだけ。やってるな、これは。

「聞《き》きずてならない会話《かいわ》が聞《き》こえてきてね。わたしが、**敵のとなりで爆睡**《ばくすい》してよだれをたらす女性《じょせい》に一目《ひとめ》ぼれしていたらしい」

「ティルが先《さき》に**変な設定**《へんせってい》をつくったんじゃん。あ、それに覚《おぼ》えてる？　初《はじ》めて出会《であ》ったとき、ニューヨークの空港《くうこう》で、ティルがあたしに**お茶でもどう？**《ちゃ》　ってさそってきたんだよ」

久《ひさ》しぶりに言《い》い返《かえ》せたあたしは、ニヤニヤしながら、ティルの顔《かお》をのぞきこんだ。

とたんに、口《くち》がふさがれた。

ティルが、あたしのほっぺをつかんで、ギュッとおしつぶしてるんだ。

「ひゃなして」

「なるほど。腹《はら》が立《た》つ人間《にんげん》の、口《くち》をふさぐというのは、少々気《しょうしょうき》が晴《は》れるものだね」

そう言《い》ったティルが、あたしの口《くち》に、丸《まる》いものを入《い》れた。

それは、甘《あま》くてすっぱいレモンキャンディーだった。

「口《くち》をふさいで悪《わる》かったね。このあいだのお返《かえ》しだよ」

まったく心《こころ》のこもってない謝罪《しゃざい》の言葉《ことば》に、あたしはガリッとキャンディーをかんだ。

「けっこうおいしいのがムカつく」

ティルってほんとすなおじゃない。誕生日《たんじょうび》のお礼《れい》をしたいなら、ふつうにくれればいいのに。

あたしはティルの肩《かた》に肩《かた》をぶつけた。

タクシーを呼《よ》びやすい道《みち》につくまで、行《い》き先《さき》が同《おな》じだから。

しょうがないから、川《かわ》ぞいを一緒《いっしょ》に歩《ある》いてあげた。

「そうだ。セキュリティルームのカードの、スキャンを手伝《てつだ》ってくれてありがとう。助《たす》かったよ」

「おあいこだよ。**きみたちが入手《にゅうしゅ》した情報《じょうほう》**で、わたしも色々《いろいろ》調《しら》べることができたからね」

アースボールが危険《きけん》だってわかったから、ティルはもう少《すこ》しの間《あいだ》、あたしたちの協力者《きょうりょくしゃ》として手伝《てつだ》ってくれることになったんだ。

ティルはムカつくけど、協力者《きょうりょくしゃ》としては、正直心強《しょうじきこころづよ》い。**ムカつくけど。**

風《かぜ》になびく、はちみつみたいな金髪《きんぱつ》をながめて、あたしは、なんとなしに言《い》った。

「ティルって、あたしのこと、**そんなきらいじゃない**よね。だって、あたしがティルのこと、すこーしだけ、きらいじゃなくなってきたもん」

「きみの論理《ろんり》はいつも破綻《はたん》してるね」

ため息《いき》をついて目《め》をふせたティルは、胸元《むなもと》の【ディアモンドCEO《シーイーオー》】のバッジをなぞった。

その裏《うら》には、**ウロボロスマーク**があるんだ。

「わたしが、Re《リ》：Start《スタート》に忠誠《ちゅうせい》を誓《ちか》ったのは、情報《じょうほう》を得《え》るためだ、と言《い》ったね」

「え、うん」

とうとつに話《はな》しだしたティルを見《み》る。

「もう一つ、目的《もくてき》があるんだ」

「え、なに!?」

「**秘密**《ひみつ》だよ。これだけは、だれにも言《い》えない」

そう言《い》ったティルの笑顔《えがお》は、ゾッとするくらい美《うつく》しかった。

「その**目的**《もくてき》を果《は》たすために、最近《さいきん》は、いろんなことを**整理**《せいり》していたんだ。わたしがいなくても、【ディアモンド】もまわるように調整《ちょうせい》した。それに、のこりの暗号《あんごう》も壊《こわ》せたし。やり残《のこ》したことは、ほとんどないかな」

ティルは星空《ほしぞら》を見上《みあ》げて、そして、あたしを見《み》た。

「ああ、そういえば、**まだあった**ね。くやしいけれど。……わたしは、きみに、借《か》りがある」

いつものキザで自信《じしん》があふれすぎてるティルとは、少《すこ》しちがって。

あたしに、どういう態度《たいど》をとればいいのかわからない、というように眉《まゆ》が下《さ》がってる。

「借《か》りって？」

「以前《いぜん》、きみはヴェネツィアで、ルシィルとの和解《わかい》に協力《きょうりょく》してくれた。きみに借《か》りがあるままでは、居心地《いごこち》が悪《わる》い」

ティルって、けっこう不器用《ぶきよう》だ。

ムカつく態度《たいど》をとってくるけど、ちゃんとお礼《れい》をする真面目《まじめ》さとか、りちぎさがある。

「本当《ほんとう》は、しばらくきみに会《あ》いたくなかった。五年《ねん》か、一〇年《ねん》くらい、いや、べつに一生会《いっしょうあ》わなくてもよかった」

「ちょっと。だんだん感謝《かんしゃ》の念《ねん》が消《き》えて、本音《ほんね》がでてるよ」

「つまり、もう少《すこ》し、感情《かんじょう》の整理《せいり》がついてから会《あ》いたかった」

「ティルって意外《いがい》とせんさいなんだね」

「きみみたいに、愚直《ぐちょく》さだけで生《い》きているようなつくりをしていないからね」

「あたし、先《さき》に帰《かえ》っていい？」

ティルは、イギリスのテムズ川《かわ》ぞいで、あたしに言《い》ったことも思《おも》い出《だ》したみたいで。

立《た》ち止《ど》まって、顔《かお》をくもらせた。

いつもはよゆうな態度《たいど》で、バカにしたりするくせに。

ルシィルのことが少《すこ》しでも関《かか》わると、ティルってすごく、人間《にんげん》らしくなる。

「うそうそ。**もう何《なに》も気《き》にしなくていいよ。**言《い》ったでしょ？　あたしはみんなを笑顔《えがお》にするって。あたしのみんなには、もうティルもいるんだよ？」

あたしは、ティルの正面《しょうめん》に立《た》って、そのネクタイを、くいっとかるく引《ひ》っぱった。

ティルの金色《きんいろ》のひとみが近《ちか》づく。

「あたしは、あたしがしたいことをしただけ。ティルは借《か》りだとか考《かんが》えなくていいよ」

ティルは、ゆっくりとあたしと視線《しせん》を交《か》わした。

そのひとみが、あきれたような、でも、どこか安心《あんしん》したような色《いろ》をしていて。

ちょっとほっとした。

いつもキザなティルに、しゅんとされても、こっちが困《こま》る。

「では、わたしも、わたしのしたいことをする」

「ティルのしたいことって？」

ティルはたたずまいを直《なお》して、あたしをまっすぐ見《み》つめた。

「**きみの知《し》りたいことについて教《おし》えよう。**わたしの知《し》ってるかぎり」

「え」

「わたしは、きみみたいになんでも他人《たにん》に与《あた》えはしない。その代《か》わり、**与《あた》えられたものに対《たい》して、そのままにはしない**。それが、わたしの生《い》き方《かた》だ」

だから、と、ティルはあたしを見《み》た。

「わたしの気《き》が済《す》むまで、きみに情報《じょうほう》をわたそう」

「ティルって、あんがい、いいやつじゃん」

ティルは息《いき》をのんで、小《ちい》さく笑《わら》った。

「聞《き》きたいことは、決《き》まったかい？」

「たくさんあるから、がんばってよ」

ティルの顔《かお》をのぞきこむために、あたしは背《せ》のびをした。

「ねえ、**あたしのお母《かあ》さんとお父《とう》さんが、どこにいるか知《し》ってる？**」

4. Re《リ》:Start《スタート》が望《のぞ》む終《お》わり

「きみのご両親《りょうしん》?」

ティルが、目《め》を瞬《またた》いた。

「……いや。きみに関《かん》することについては、わたしはくわしくない」

「そっか……BS《ビーエス》の研究者《けんきゅうしゃ》についても、知《し》らない?」

「すまない。その職業《しょくぎょう》についても、はじめて聞《き》いた。わたしが提供《ていきょう》できるのは、Re《リ》:Start《スタート》や BS《ビーエス》についての情報《じょうほう》だ。それも、ティファレト家《け》に受《う》けつがれてきた、限定的《げんていてき》なものだけれど」

気《き》まずげに言《い》うティルに、あたしはむりやり笑《わら》ってうなずいた。

「ありがとう、助《たす》かるよ! いっぱい聞《き》きたいことがあるんだ」

あたしのピアスは、いまはレオとシャルルとマキにしかつながっていない。

だから、他《ほか》のメンバーに、BS《ビーエス》について聞《き》かれることはないから、安心《あんしん》して質問《しつもん》できる。

「まず、Re《リ》:Start《スタート》について知《し》りたい!」

テイルは、いろんなことを教《おし》えてくれた。

たとえば、Re：Start《リスタート》が、世界《せかい》で最初《さいしょ》にできた組織《そしき》で。

抹消石《まっしょうせき》という、BS《ビーエス》の能力《のうりょく》を無効化《むこうか》する石《いし》を、古《ふる》くから独占《どくせん》しているってことや。

Re：Start《リスタート》が、世界警察《せかいけいさつ》をつくったこと。

三〇〇年前《ねんまえ》、世界《せかい》が終《お》わりかけた事件《じけん》のあと、世界警察《せかいけいさつ》が独立《どくりつ》したこととかを。

「知《し》らなかった……。ねえ、じゃあ【はじまりの光《ひかり》】って知《し》ってる？」

数《すう》ケ月前《かげつまえ》、古《ふる》い校舎《こうしゃ》の教室《きょうしつ》で見《み》つけた、鏡《かがみ》の本《ほん》に【はじまりの光《ひかり》】の神話《しんわ》がのってたんだ。

でも、あの日以来《ひいらい》、あの教室《きょうしつ》にはたどりつけなくて、図書館《としょかん》で調《しら》べても、あの神話《しんわ》に関《かん》する情《じょう》報《ほう》は見《み》つけられなかったんだ。

「ああ。代々《だいだい》、BS《ビーエス》に伝《つた》えられる神話《しんわ》だよ。Re：Start《リスタート》は【はじまりの光《ひかり》】を信《しん》じて尊敬《そんけい》している。だから、光《ひかり》が最初《さいしょ》につくったように三〇〇年《ねん》に一度《ど》、世界《せかい》を終《お》わらせようとしてるんだ」

「そっか、もともと世界《せかい》は、三〇〇年《ねん》に一度《ど》、終《お》わるようにつくられたって言《い》われてるもんね」

世界《せかい》が終《お》わるたびに、多《おお》くの人間《にんげん》が消《き》えることを悲《かな》しんだ、エメラルドのBS《ビーエス》の先祖《せんぞ》が、【はじまりの光《ひかり》】と、世界《せかい》を終《お》わらせない約束《やくそく》をしたんだ。

「ああ。【蛇《へび》】のトップのメイスも、Re：Start《リスタート》の考《かんが》えに共感《きょうかん》して、手《て》を組《く》んでるんだ」

イタリアで、メイスが【はじまりの光《ひかり》】の話《はなし》をしていたのを思《おも》い出《だ》した。

「ティルは、世界《せかい》を終《お》わらせるって、具体的《ぐたいてき》にどういう意味《いみ》かわかる？」

「ああ。これは、Re：Start《リスタート》の限《かぎ》られた者《もの》しか知《し》らないことだ」

低《ひく》い声《こえ》でまえおきをして、ティルは話《はな》しはじめた。

「世界《せかい》が終《お》わるということは、はじまりを意味《いみ》する」

つばをのみこんだ。イタリアで出会《であ》った世界《せかい》の守護者《しゅごしゃ》も。

「終《お》わりの日《ひ》に、世界《せかい》は終《お》わり、世界《せかい》ははじまる」って言《い》ってたんだ。

「世界《せかい》が終《お》わると、地球《ちきゅう》の半分《はんぶん》が**生《う》まれ変《か》わる**。いろんなものが、数千年前《すうせんねんまえ》の状態《じょうたい》にもどるんだ。

そこでは、いままで発達《はったつ》した文明《ぶんめい》は**半分《はんぶん》ほど失《うしな》われてしまう**」

地球《ちきゅう》の半分《はんぶん》が、自然《しぜん》の緑《みどり》と、海《うみ》の青《あお》だけになるイメージがうかんだ。

「けれど、現代《げんだい》で使《つか》いつくした資源《しげん》や、絶滅《ぜつめつ》した植物《しょくぶつ》や生物《せいぶつ》は、再《ふたた》び現《あらわ》れる。そして、いまより異常気象《いじょうきしょう》がへって、**ある意味《いみ》、平和《へいわ》な世界《せかい》になる**」

「え、いいじゃん！」

「でも、どんなものにも**代償《だいしょう》**がともなう。地球《ちきゅう》も生命体《せいめいたい》だ。どんな生命体《せいめいたい》も、エネルギーなしでは、生《い》きられない」

胸《むね》がざわりとして、いやな予感《よかん》がした。

「世界《せかい》が終《お》わり、はじまるときには、**地球上《ちきゅうじょう》の半数以上《はんすういじょう》の人間《にんげん》が、地球《ちきゅう》のエネルギーになる**」

「え……そのエネルギーになるって、どういう意味《いみ》？」

「この世界《せかい》から消《き》える。つまり、亡《な》くなるということだ」

「そんな！　じゃあ、Ｒｅ：Ｓｔａｒｔ《リスタート》は、**地球《ちきゅう》を生《う》まれ変《か》わらせるかわりに、半分以上《はんぶんいじょう》の人間《にんげん》を犠牲《ぎせい》にしようとしてるの!?**」

ティルは、首《くび》をたてにふった。

「Ｒｅ：Ｓｔａｒｔ《リスタート》は、**理想《りそう》の世界《せかい》**のために、多《おお》くの人間《にんげん》を犠牲《ぎせい》にすることに抵抗《ていこう》がないんだ」

頭《あたま》をガンッとたたかれたような衝撃《しょうげき》だった。そんな考《かんが》えをもっていて、それを実行《じっこう》しようとしている組織《そしき》があるなんて、いままで想像《そうぞう》すらしたことがなかった。

たしかに、世界《せかい》は**このままじゃいけない**ことは確《たし》かだ。

でも、だれかを**犠牲《ぎせい》**にするなんて、おかしい。

あたしは、Ｒｅ：Ｓｔａｒｔ《リスタート》を**理解《りかい》できない**。

「ねえ、犠牲《ぎせい》をはらわずに、地球《ちきゅう》を良《よ》くしながら、世界《せかい》を終《お》わらせない方法《ほうほう》は知《し》らないの？」

「わたしも、くわしくはわかっていない。いま、**その方法《ほうほう》を探《さが》しているんだ**」

そっか、とつぶやいたとき、とうとつにティルが言《い》った。

「ノートルダム大聖堂《だいせいどう》で告《つ》げた『**これが、あれを滅《ほろ》ぼすだろう**』という言葉《ことば》を覚《おぼ》えているかい？」

パリの交流会《こうりゅうかい》のときに、ティルが言《い》っていたのを思《おも》い出《だ》した。

──『ノートルダム・ド・パリ』のなかのフロロの言葉《ことば》さ。きみはこの言葉《ことば》をよく覚《おぼ》えておいたほうがいいよ。きっと、いつか役《やく》に立《た》つ──

「うん、キザでムカつくなって思《おも》ったよ」

「**エメラルドのBS《ビーエス》が、世界《せかい》を滅《ほろ》ぼす**、という言葉《ことば》を聞《き》いたことがある。わたしも、まだくわしくはわかっていないけれど、エメラルドのBS《ビーエス》の**きみ**が、**鍵**《かぎ》をにぎるんだ」

そう、静《しず》かな声《こえ》で言《い》ったティルを見《み》すえた。

「ティル。**あたしは、世界《せかい》を終《お》わらせないよ**」

「ああ。きみがとんでもないヘマをしない限《かぎ》りは、わたしも協力者《きょうりょくしゃ》でいよう」

あたしたちは真夜中《まよなか》のマラッカの街《まち》で、首都《しゅと》のクアラルンプールにもどるタクシーに乗《の》った。

「それから、まだ知《し》らないかもしれないから伝《つた》えておくけれど、**世界警察《せかいけいさつ》の剣《つるぎ》は**──つづきは、**きみが起《お》きたときに話《はな》そう**」

気《き》づいたら爆睡《ばくすい》していたあたしに、ティルは肩《かた》をかしてくれていたみたいだ。

よだれ対策《たいさく》のハンカチを、しっかり肩《かた》にかけて。

ティルもあんがい、いいやつだ。

◆

「ナノ、おかえり」

深夜《しんや》三時《じ》に、マンションのドアを開《あ》ければ、**レオ**がいた。

「え、起《お》きてたの？　ただいま！」

「ああ、いろいろ作業《さぎょう》があったからな」

他《ほか》のメンバーが眠《ねむ》っているから、レオは声《こえ》をひそめてる。

「今日《きょう》は**大変**《たいへん》だったな。何度《なんど》、口《くち》をはさみたいと思《おも》ったことか……言《い》いたいことはたくさんあるが、それでも**よくがんばったな。お疲**《つか》**れさま**」

リーダーのレオは、潜入調査《せんにゅうちょうさ》をしているメンバーの会話《かいわ》を全部聞《ぜんぶき》けるんだ。

でも、よっぽどの緊急事態《きんきゅうじたい》じゃなければ、じゃましないように、口《くち》をはさまないんだ。

「えへへ、ありがとう！　レオも、お疲《つか》れさま」

あきれた顔《かお》であたしのおでこをつつくと、レオはふっと笑《わら》って、ありがとうって言《い》った。

あたしが帰《かえ》るまで、起《お》きてくれてたって思《おも》うと、心《こころ》があったかくなった。

「それから、協力者《きょうりょくしゃ》だからといって、ティルのことを信用《しんよう》しすぎるなよ」

部屋着姿《へやぎすがた》で、ちょっと口《くち》をとがらせたレオに、気《き》がぬけた。

あたしは、はーいと答《こた》えたあと、リビングのテーブルにつっぷした。

「潜入調査《せんにゅうちょうさ》って、**矛盾《むじゅん》**がいっぱいあるんだね。敵《てき》の情報《じょうほう》をゲットできるけど、そのかわり、『スペード印《じるし》』で働《はたら》くってことは、**敵《てき》の手伝《てつだ》いをしている**ってことになるんだから」

「それは、スパイが一生《いっしょう》、悩《なや》むことかもな。大切《たいせつ》なものを守《まも》るために、大切《たいせつ》なものを傷《きず》つけることもある。その矛盾《むじゅん》のなかでも目的《もくてき》を見失《みうしな》わないために、**正義《せいぎ》**が大事《だいじ》なんだろうな」

そうだね、って返《かえ》したあたしの頭《あたま》を、レオがぽんっとたたく。

「そんな矛盾《むじゅん》のなかで、いろんな**選択《せんたく》**をしないといけない。その選択《せんたく》が、正《ただ》しいかどうかなんて、選《えら》んだあとでしかわからない。おれは、今日《きょう》のお前《まえ》がとった行動《こうどう》は、正《ただ》しかったと思《おも》う」

今日《きょう》、パンを盗《ぬす》んだ男《おとこ》を捕《つか》まえたことも、かばったことも、レオは正《ただ》しいと言《い》ってくれたんだ。

「ありがとう、レオ」

「どういたしまして。今日《きょう》のナノはがんばったからな、**レモネード**でもつくってやろうか？」

「え、のみたい！　レモン多《おお》めで！」

ちょっと元気《げんき》になったあたしは、部屋《へや》から持《も》ってきた八冊《さつ》のノートを開《ひら》いた。

これは、初任務《はつミッション》のときから書《か》いてる日記《にっき》なんだ。

いつもは寝《ね》る前《まえ》にベッドで書《か》いてるんだけど、いまベッドに入《はい》ったら寝《ね》ちゃいそうだから、ここで書《か》くことにしたんだ。

いままでの日記《にっき》に、お母《かあ》さんとお父《とう》さんについて、昔《むかし》のあたしが何《なに》か情報《じょうほう》を書《か》いてるかもしれないから、最近《さいきん》は、時間《じかん》のあるときに読《よ》み返《かえ》してるんだ。

今日《きょう》の日記《にっき》を書《か》いたあと、ノートにはさんでおいた、書《か》きかけの手紙《てがみ》をひらいた。

「はい、レモン多《おお》め。それ手紙《てがみ》か？」

「そう！　お母《かあ》さんとお父《とう》さんに会《あ》ったときに、わたすんだ！」

となりに座《すわ》ったレオは、手紙《てがみ》をちらっと見《み》て、そっか、とつぶやいた。

「最近《さいきん》、たまに昔《むかし》のことを思《おも》い出《だ》すの。お母《かあ》さんとお父《とう》さんが寝《ね》る前《まえ》に話《はな》してくれた、世界《せかい》のはじまりの話《はなし》とか。いま思《おも》えば、あれって【はじまりの光《ひかり》】の神話《しんわ》だったんだ」

そうだ、いいことを思《おも》いついた！

「ねえ、いつか、レオもあたしも、お母《かあ》さんとお父《とう》さんに会《あ》えたら、六人《にん》で一緒《いっしょ》に遊《あそ》ぼうよ！」

レオは眉《まゆ》を下《さ》げて、本当《ほんとう》に小《ちい》さな声《こえ》で、そうだな、って言《い》った。

「あ、そうだ。三日前《みっかまえ》にね、またN《エヌ》キーが使《つか》えなくなったんだ。これで、えーっと、何回目《なんかいめ》だろう？　三回目《かいめ》かな？」

「四回目《かいめ》だ」

「え？」

レオは、あたしを見《み》ることなく、左手首《ひだりてくび》のリストバンドについたサファイアをなぞった。

「一回目《かいめ》が、**パリの交流会《こうりゅうかい》の前《まえ》で**。二回目《かいめ》は、**ギリシャのあとの年越《としこ》しのときだ**。あのときは色々《いろいろ》とドタバタしてたから忘《わす》れたのかもしれないが、自分《じぶん》で言《い》ってたぞ。そして、三回目《かいめ》が、**日本《にほん》から帰《かえ》ってきたあと**。だから、これで四回目《かいめ》だ」

「そうだったっけ？　まあ、レオが言《い》うんだったら、まちがいないね」

なんでN《エヌ》キーが使《つか》えなくなるんだろう？

ま、マキに直《なお》してもらえばいっか。

レモネードをのみながら、あたしは、暗《くら》い顔《かお》で考《かんが》えごとをしてるレオを見上《みあ》げた。

「レオ、**暗号《あんごう》を壊《こわ》したから、エメラルド島《とう》は出現《しゅつげん》しない**し、これからプロ試験《しけん》に集中《しゅうちゅう》できるね！」

「ああ。でもRe：Start《リスタート》は大《おお》きな組織《そしき》だ。知恵《ちえ》も力《ちから》もある。だから、**油断《ゆだん》はできない**」

そのとき、ハッと、ターコイズのひとみの少年《しょうねん》が頭《あたま》にうかんだ。

「ねえ、エメラルド島《とう》を出現《しゅつげん》させる条件《じょうけん》は、一〇個《こ》の暗号《あんごう》をつなげて読《よ》み上《あ》げることでしょ？

あの暗号《あんごう》を読《よ》める人《ひと》なんて、**コフィン**くらいしかいないじゃん！　それなら、もし一〇個《こ》集《あつ》まったとしても、**大丈夫《だいじょうぶ》**だよ！」

胸《むね》にうずまいていた不安《ふあん》が、スッと消《き》えた。

それでも、レオは、思《おも》いつめた面持《おもも》ちのままだ。

「Re：Start《リスタート》のトップのカフは、**未来《みらい》を見《み》ることができる**。暗号《あんごう》は読《よ》めないかもしれないが、きっと何《なに》かの方法《ほうほう》で、エメラルド島《とう》を出現《しゅつげん》させるはずだ」

あたしは、レオの顔《かお》をのぞきこんで、ニッと笑《わら》った。

「でも、あたしたちには、**四手先《よんてさき》を読《よ》むレオ**がいるでしょ？」

レオがちょっと目《め》を見開《みひら》いて、そして、いつものドヤ顔《がお》で胸《むね》をはった。

「たしかに、そうだな。それに、一つ言《い》えることがある。これは、日本《にほん》でニムの父《ちち》の冬鷹《ふゆたか》に聞《き》いたことと、シャルルにもらったマイクロチップに入《はい》っていた情報《じょうほう》から、わかったことなんだが」

レオが、少《すこ》しだけ明《あか》るい表情《ひょうじょう》で、あたしをまっすぐ見《み》た。

「会合《かいごう》をひらくには、エメラルド島《とう》に、一〇人《にん》のBS《ビーエス》がそろわないといけないらしい」

「つまり、BS《ビーエス》が一人《ひとり》でも、エメラルド島《とう》に行《い》かなければ、世界《せかい》は終《お》わらないってことなんだね」

レオは、やさしくほほ笑《え》んで、ゆっくりとうなずいた。

そのひとみには、なぜか、ゆらがない決意《けつい》といっしょに。

切《せつ》ない色《いろ》がうかんでいた。

レオの考《かんが》えていることはわからない。

でもあたしは、レオが秘密《ひみつ》をうちあけるまで待《ま》つって決《き》めた。

とりあえず、エメラルド島《とう》が出現《しゅつげん》しなければ、BS《ビーエス》が集《あつ》まることもない。

そうしたら、世界《せかい》が終《お》わることもないってわかったんだ。

いまは、目《め》の前《まえ》のプロ試験《しけん》をやりきるぞ！

5. 決戦《けっせん》の日《ひ》は決《き》まる

シンガポール 〈6月《がつ》11日《にち》 PM《ピーエム》9：00〉

世界中《せかいじゅう》とつながる巨大《きょだい》な港《みなと》をもつシンガポール。

その海《うみ》では、各国《かっこく》から集《つど》った巨大《きょだい》な貨物船《かもつせん》がひしめき合《あ》い、さまざまな人《ひと》が行《ゆ》きかっている。

そんなシンガポールのマンションの一室《いっしつ》で。

あたしたちは、テーブルを囲《かこ》んでいた。

「これからの計画《けいかく》について話《はな》そう。ナノが入手《にゅうしゅ》した情報《じょうほう》を解析《かいせき》した結果《けっか》、**アースボールのありか**がわかった」

レオの言葉《ことば》と同時《どうじ》に、植物園《しょくぶつえん》の写真《しゃしん》が、ホログラムでうかびあがった。

「アースボールは、**シンガポールの巨大《きょだい》な植物園《しょくぶつえん》の、地下《ちか》にある極秘研究施設《ごくひけんきゅうしせつ》**に保管《ほかん》されている。この施設《しせつ》は、『スペード印《じるし》』が秘密裏《ひみつり》につくったらしい。ここの警備《けいび》は、おれたちでは太刀打《たちう》ちできないほど**レベルが高《たか》い**」

だが、とレオが口《くち》のはしを上《あ》げた。

「唯一《ゆいいつ》、**おれたちでも突破《とっぱ》できる日《ひ》がある**」

ホログラムには、六月二〇日《がつはつか》に、この植物園《しょくぶつえん》で行《おこな》われる、**『スペード印《じるし》』の八〇〇周年記念《しゅうねんきねん》パーティー**の説明《せつめい》が映《うつ》っている。

「このパーティーの裏《うら》で、**アースボールの公開式《こうかいしき》**が、**深夜《しんや》〇時《れいじ》に極秘研究施設《ごくひけんきゅうしせつ》で行《おこな》われるんだ**」

プロ試験《しけん》の合格《ごうかく》までの道《みち》すじがハッキリしてきて、ドキドキする！

「パーティーの当日《とうじつ》、地下《ちか》の研究施設《けんきゅうしせつ》に侵入《しんにゅう》して、アースボールを盗《ぬす》み出《だ》そう！」

これから九日間《ここのかかん》、あたしたちは、それぞれに**準備《じゅんび》**をしていくんだ。

タロは、植物園《しょくぶつえん》を見渡《みわた》せるような、周《まわ》りの建物《たてもの》の**下見《したみ》**をして。

シャルルとさとるは、極秘研究施設《ごくひけんきゅうしせつ》の**情報収集《じょうほうしゅうしゅう》**や監視《かんし》カメラの**ハッキング**をする。

ペッパーと一条《いちじょう》は、極秘研究施設《ごくひけんきゅうしせつ》で働《はたら》く、研究員《けんきゅういん》の**身体情報《しんたいじょうほう》**を入手《にゅうしゅ》して。

マキと、シナモンとカルダモンたちアイテム部《ぶ》は、侵入《しんにゅう》に必要《ひつよう》な**アイテム**をつくっていく。

あたしは、潜入調査《せんにゅうちょうさ》でプロジェクトをしながら、レオのたてた**計画《けいかく》を進《すす》める**んだ。

「**シンガポール**で、**任務《ミッション》を達成《たっせい》するぞ！**」

「「「「「「「「**おう！**」」」」」」」」

6. ヴェールの正義《せいぎ》はゆらがない

——ヴェール、調子《ちょうし》はどうだ？　アースボールを入手《にゅうしゅ》する任務《ミッション》と、エメラルドのBS《ビーエス》を捕《つか》まえる任務《ミッション》を同時《どうじ》にやるなんて、ハードなスケジュールだよな。うまくいってるか？——

ホテルの部屋《へや》にいたヴェールに、世界警察《せかいけいさつ》の仲間《なかま》のカインから連絡《れんらく》が入《はい》った。

「ああ。先日《せんじつ》、アースボールの情報《じょうほう》を入手《にゅうしゅ》するためにオフィスに忍《しの》びこんだとき、エメラルドのBS《ビーエス》を見《み》つけた。CSCO《シーエスシーオー》も、あの危険《きけん》な装置《そうち》を狙《ねら》っているのだろう」

ヴェールは、あの夜《よる》のことを思《おも》い出《だ》して、顔《かお》をしかめた。

「そのときに、**エメラルドのBS《ビーエス》の首元《くびもと》の皮《ひ》ふ**を手《て》に入《い》れた。そこで、一番《いちばん》あやしんでいた、ドーリーという仕事仲間《しごとなかま》の、遺伝子情報《いでんしじょうほう》をてらし合《あ》わせてみたが、**一致《いっち》しなかった**」

——うんうん。でもスパイなら人工皮《じんこうひ》ふを使《つか》っている可能性《かのうせい》もあるからな——

「ああ。これからも、アースボールを破壊《はかい》する任務《ミッション》とともに、ひきつづき、やつを捜《さが》していく」

——お前《まえ》はたまに周《まわ》りが見《み》えなくなるから心配《しんぱい》してたけど、順調《じゅんちょう》そうでなにより。それから、聞《き》いたか？　Ｒｅ：Ｓｔａｒｔ《リスタート》が、ＢＳ《ビーエス》の遺産《いさん》を、世界警察《仲間》からいくつか盗《ぬす》んだらしい。やつらはもう見境《みさかい》なくなってる――

「そうか、カインも気《き》をつけろ」

――おう。水銀《すいぎん》のＢＳ《ビーエス》の遺産《いさん》の**【癒《い》やしの木札《きふだ》】**を回収《かいしゅう》できたから、おれもそろそろ、そっちに行《い》けそうだ――

「そうか。シンガポールの植物園《しょくぶつえん》の、地下《ちか》にある研究施設《けんきゅうしせつ》で、**アースボールの公開式《こうかいしき》**が行《おこな》われる。その夜《よる》、エメラルドのＢＳ《ビーエス》は来《く》るだろう。私《わたし》は、必《かなら》ずあの巨悪《きょあく》を捕《つか》まえてみせる」

――ヴェール、正義《せいぎ》のために命《いのち》をかけるのはいいけど、おれのいないところで死《し》ぬなよ――

「死《し》ぬ時《とき》は私《わたし》が決《き》める。お前《まえ》が来《こ》い」

了解《りょうかい》、と笑《わら》ったカインとの通話《つうわ》は終《お》わった。

うす暗《ぐら》い部屋《へや》のなか、ヴェールは正義《せいぎ》の剣《つるぎ》をぬき。

そこに映《うつ》った、自分《じぶん》の顔《かお》を見《み》た。

ヴェールは、**テロストロ監獄《かんごく》**で生《う》まれた子《こ》だった。

世界警察《せかいけいさつ》の保護施設《ほごしせつ》で育《そだ》てられたヴェールは。

ものごころついたときから、悪《あく》を憎《にく》み、正義《せいぎ》を尊敬《そんけい》していた。

そんなヴェールの信《しん》じるものは**ただ一つ**。

悪《あく》を裁《さば》く、**世界警察《せかいけいさつ》の正義《せいぎ》**だけだった。

世界警察《せかいけいさつ》になるために、警察学校《けいさつがっこう》で学《まな》び、**世界《せかい》を滅《ほろ》ぼす**悪《あく》の存在《そんざい》を知《し》った。

約《やく》三〇〇年前《ねんまえ》の悲劇《ひげき》のとき、世界《せかい》が終《お》わりかけたことを知《し》った。

そしてヴェールは、**世界《せかい》の巨悪《きょあく》である、エメラルドのBS《ビーエス》を捕《と》らえる決意《けつい》をした。**

だから、BS《ビーエス》の存在《そんざい》を、**ゆるすことはできない。**

ヴェールは、テーブルの上《うえ》の、くだけた白《しろ》い鎖《くさり》を見《み》た。

オフィスに侵入《しんにゅう》し、空《そら》から落《お》ちかけた夜《よる》、自分《じぶん》の命《いのち》を救《すく》ったエメラルドのBS《ビーエス》を思《おも》い出《だ》し。

タクシーに乗《の》る前《まえ》に、ドロボウを捕《つか》まえて、かばった、ドーリーの姿《すがた》が脳裏《のうり》にうかんだ。

「もし、エメラルドのBS《ビーエス》が、ドーリーだったとしても。**私《わたし》は必《かなら》ず捕《つか》まえる**」

エメラルドのBS《ビーエス》を捕《と》らえるか、否《いな》か、と悩《なや》むことすら、正義《せいぎ》を傷《きず》つける悪《あく》の行為《こうい》でしかない。

だから、ヴェールは、円卓《えんたく》の執行人《しっこうにん》のコートをひるがえし、月光《げっこう》に正義《せいぎ》の剣《つるぎ》をかかげた。

「悪《あく》を裁《さば》くことが、**私《わたし》の正義《せいぎ》だ**」

それが、ヴェールの**選《えら》んだ道《みち》**だ。

「我々《われわれ》が、**正義《せいぎ》の剣《つるぎ》**たらんことを」

7．Re《リ》：S《ス》t《タ》a《ー》r《ト》tは未来《みらい》を見《み》つめる

Re《リ》：S《ス》t《タ》a《ー》r《ト》tの本部《ほんぶ》。そこは五万人《まんにん》が入《はい》れる超巨大《ちょうきょだい》な船舶《せんぱく》だった。

この船《ふね》は全部《ぜんぶ》で一〇隻《せき》あり、合体《がったい》することで一つの島《しま》のようにもなる。

その船《ふね》の最下層《さいかそう》にならぶ、抹消石《まっしょうせき》でできた檻《おり》を、**メイス**は、満足気《まんぞくげ》にながめていた。

「くふふ、日本《にほん》の忍《しの》びは隠《かく》れるのが上手《うま》くて大変《たいへん》だったが、ようやく捕《つか》まえることができた」

檻《おり》のなかにいる**本田《ほんだ》ニム**は、目《め》を閉《と》じ、深《ふか》い呼吸《こきゅう》で、体調《たいちょう》を回復《かいふく》させることに集中《しゅうちゅう》していた。

そこにやってきたのは、ダイアモンドのようにかがやく髪《かみ》の青年《せいねん》。

「わたくしの名前《なまえ》は、**カフ・K《ケー》・メタトロン**。ダイアモンドのBS《ビーエス》で、Re《リ》：S《ス》t《タ》a《ー》r《ト》tの総裁《そうさい》を務《つと》めています。本日《ほんじつ》は、あなたの意見《いけん》を聞《き》きにきました」

カフの目元《めもと》には、六角形《ろっかっけい》のダイアモンドと、灰色《はいいろ》の石《いし》の飾《かざ》りのついた、目隠《めかく》しがついていた。

「意見《いけん》を聞《き》く前《まえ》に、わたくしから、Re《リ》：S《ス》t《タ》a《ー》r《ト》tの考《かんが》えについてお話《はな》しします」

ニムはゆっくりと目《め》を開《ひら》くと、静《しず》かに話《はなし》のつづきを待《ま》った。

「もともと、三〇〇年《ねん》に一度《ど》、世界《せかい》は終《お》わり、はじまるように地球《ちきゅう》はできていました。けれど、エメラルドのBS《ビーエス》の祖先《そせん》が愚《おろ》かな行《おこな》いをしたせいで、この地球《ちきゅう》は汚染《おせん》され、異常気象《いじょうきしょう》は増《ふ》えつづけています」

カフの声《こえ》は、ゾッとするほど冷《つめ》たかった。

「そもそも、この世界《せかい》には、代償《だいしょう》が必要《ひつよう》という理《ことわり》があります。たとえば、あなたが、BS《ビーエス》の能《のう》力《りょく》をつかって他人《たにん》を治《なお》したときに、代償《だいしょう》として苦《くる》しむように。ダイアモンドのBS《ビーエス》も、一度《いちど》でも未来《みらい》を見《み》る能力《のうりょく》をつかうと、常《つね》に力《ちから》を発動《はつどう》してしまう代償《だいしょう》があります」

目隠《めかく》しの灰色《はいいろ》の石《いし》をなぞったカフは、「能力《のうりょく》をつかったダイアモンドのBS《ビーエス》は、常《つね》に抹消石《まっしょうせき》を身《み》につけなければ、生《い》きられないのです」とつづけた。

「人間《にんげん》は、地球《ちきゅう》を汚《よご》しながら好《す》き勝手《かって》に生《い》きてきました。だから、代償《だいしょう》として、地球《ちきゅう》のエネルギーになるのは、当然《とうぜん》のことなのです」

「お前《まえ》らの主張《しゅちょう》はわかった。でも俺《おれ》さまは、お前《まえ》らに反対《はんたい》や」

「そうですか、ざんねんです」

カフの言葉《ことば》と同時《どうじ》に、メイスが一歩《ぽ》、前《まえ》に出《で》る。ニムは、そのメイスを力強《ちからづよ》くにらんだ。

「お前《まえ》は、データで見《み》たことがある。【蛇《へび》】のトップやな。【Fake Stone《フェイクストーン》】だったとしても、お前《まえ》の能力《のうりょく》で、ナノは苦《くる》しんだ。**絶対《ぜったい》に、ゆるさへんからな**」

メイスは、あざけるように目《め》を細《ほそ》めるだけだ。

「エメラルドのBS《ビーエス》にひどく執着《しゅうちゃく》しているようなので、**特別《とくべつ》に教《おし》えてあげましょう**。わたくしには、全《すべ》ての鍵《かぎ》をにぎるナノ・N《エヌ》・アニエルが、**夜《よる》の植物園《しょくぶつえん》で我々《われわれ》に捕《つか》まる未来《みらい》が見《み》えています**」

ニムは、ハッと息《いき》をのんだ。

「そして、彼女《かのじょ》が七月七日《がつなのか》の終《お》わりの日《ひ》に、**エメラルド島《とう》で会合《かいごう》に参加《さんか》する未来《みらい》が見《み》えています**。ここまで、**すべての未来《みらい》は正《ただ》しく進《すす》んでいます**」

そう言《い》ったあと、カフは少《すこ》しだけ首《くび》をかたむけた。

「しかし、**人《ひと》は選択《せんたく》をしながら生《い》きています**。その選択《せんたく》が少《すこ》しでも変《か》われば、この未来《みらい》は、**変《か》わってしまう**こともあります。だから、わたくしは、**ナノ・N《エヌ》・アニエルの選択《せんたく》と、その未来《みらい》を**、常《つね》に見守《みまも》っているのです。いつでも、軌道修正《きどうしゅうせい》ができるように」

カフの冷《つめ》たい笑《え》みに、ニムの背《せ》すじがゾクリとこおった。

「すべては、**理想《りそう》の世界《せかい》**のために」

◆

インド〈6月《がつ》12日《にち》 AM《エーエム》5：00〉

「きれいやなぁ」
日《ひ》が昇《のぼ》る前《まえ》の、暁《あかつき》のころ。
ギルは、闇《やみ》にしずむ庭園《ていえん》から、タージマハルという美《うつく》しい建物《たてもの》をながめていた。
現在《げんざい》、CSCO《シーエスシーオー》の研修先《けんしゅうさき》であるインドに、ギルはいた。
三年間《ねんかん》の研修《けんしゅう》で、一《いち》からスパイの心得《こころえ》を学《まな》び直《なお》す、ギルの日常《にちじょう》は、目《め》まぐるしかった。
それでも、研修《けんしゅう》の合間《あいま》、ふとしたときに。
自分《じぶん》のやってきたことを思《おも》い返《かえ》しては、複雑《ふくざつ》な気持《きも》ちになって。
「いまは自分《じぶん》の正義《せいぎ》を深《ふか》めていく時間《じかん》だ」と、自分《じぶん》に言《い》い聞《き》かせてすごしていた。
それでも眠《ねむ》れない日《ひ》。暑《あつ》さのゆるんだ早朝《そうちょう》に、ギルはよくこの庭園《ていえん》にやってきた。
周《まわ》りに人《ひと》のいない静《しず》かな場所《ばしょ》で。
ギルはやっと息《いき》をつける。
そのとき――**背後《はいご》に、気配《けはい》を感《かん》じた。**
「声《こえ》を出《だ》すな」
振《ふ》り返《かえ》った先《さき》にいた人物《じんぶつ》に、**ギルは息《いき》をのんだ。**

8. ティルの正義《せいぎ》

あやしげな煙《けむり》がくゆり、ランプの光《ひかり》をにじませる、奥《おく》まった部屋《へや》。

「お久《ひさ》しぶりです、メイスさま」

ティルは、そのうす暗《ぐら》い部屋《へや》で、メイスと向《む》き合《あ》っていた。

「同志《どうし》のティルよ、喜《よろこ》べ。我々《われわれ》には勝利《しょうり》の道《みち》すじが見《み》えている」

そうほほ笑《え》む**メイス**に、黒《くろ》いスーツの胸元《むなもと》に、黒《くろ》いバラをさしたティルも笑《え》みをうかべた。

「はい。けれど、わたしにとっては、あなたさまに直接《ちょくせつ》お会《あ》いできたことが、一番喜《いちばんよろこ》ばしいです」

胸《むね》に手《て》をあてて、一言《ひとこと》ひとことを大切《たいせつ》につむぐティルは、メイスにゆっくりと近《ちか》づく。

「あなたに会《あ》うために、忠誠《ちゅうせい》を誓《ちか》ったのですから」

紫《むらさき》のランプの光《ひかり》が、ティルの金髪《きんぱつ》を照《て》らし、その色《いろ》を黒《くろ》くする。

「くふふ、今後《こんご》とも、私《わたし》に忠誠《ちゅうせい》をつくせ」

メイスの言葉《ことば》に、天使《てんし》のような笑《え》みをこぼしたティルは。

その手《て》のこうに**キス**をして。

そのクリスタルの眼《め》にすいこまれるかのように、メイスに顔《かお》を近《ちか》づけた。

スモークが、あやしげに紫《むらさき》に光《ひか》り、ティルの金色《きんいろ》のひとみを、かげらせる。

「あなたに、**命**《いのち》をささげます」

メイスの手《て》のこうを、親指《おやゆび》でさらりとなぞって。

近距離《きんきょり》のメイスの表情《ひょうじょう》に、かすかな愉悦《ゆえつ》を見《み》て。

「わたしも、**理想**《りそう》**の世界**《せかい》のために、**努力**《どりょく》はおしみません」

そう告《つ》げたティルは、**金色**《きんいろ》**のナイフ**をにぎり——

メイスに、ふりおろした。

けれど——**ガンッ**　金《かね》のナイフは、メイスの黒《くろ》い槍《やり》によってはじかれた。

ハッと目《め》を見開《みひら》いたとき、ティルは、理解《りかい》した。**失敗**《しっぱい》**した**のだと。

「**私**《わたし》**を甘**《あま》**くみるなよ**」

床《ゆか》に落《お》ちた金《きん》のナイフをふみつけたメイス。

その手《て》ににぎられた黒槍《くろやり》が、ティルの首《くび》をとらえる。

「忘《わす》れるな。私《わたし》が、**お前**《まえ》**の弟**《おとうと》**の命**《いのち》**をにぎっていることを**」

STAGE III

1. Doubt《ダウト》のゲームスタート

シンガポール 〈6月《がつ》11日《にち》 PM《ピーエム》6：00〉

「あっははは、イー。やっぱおれたち最高《さいこう》の相棒《あいぼう》だぜ」

ジャックはカジノのバカラのテーブルで、となりに座《すわ》ったイエールの肩《かた》に腕《うで》をまわした。

変装《へんそう》をした二人《ふたり》の周《まわ》りには、たくさんの見物人《けんぶつにん》が集《あつ》まっている。

バカラとは、トランプカードの合計《ごうけい》が、九《きゅう》に近《ちか》いほうが勝《か》つルールのなかで。

バンカーとプレーヤーの、どちらが勝《か》つかをあてる**運《うん》の勝負《しょうぶ》**だ。

「初任務《はつミッション》のときを思《おも》い出《だ》すよなぁ。お前《まえ》とおれのラッキーナンバーの、9とJ《ジャック》が合《あ》わさって、

大逆転《だいぎゃくてん》したバカラは、人生最高《じんせいさいこう》のゲームだったぜ」

「あのときも楽《たの》しかった」

ジャックがイエールの髪《かみ》をわしわしとかきまぜているとき、ルシィルから無線《むせん》がはいった。

― ジャック、イエール、**そろそろもどっておいで** ―

シンガポールにそびえる、高級《こうきゅう》ホテル。

そのなかにあるカジノの、最上級《さいじょうきゅう》の個室《こしつ》に。

二〇代《だい》に変装《へんそう》した、**ルシィル**と**スネイク**は座《すわ》っていた。

「**大《おお》もうけ**してきたぜ」

満足気《まんぞくげ》なジャックとイエールは、二人《ふたり》の前《まえ》に座《すわ》る。

「スネイクは、ルーレットで**六〇〇ドル**負《ま》けていたよ」

すずしげに言《い》ったルシィルに、スネイクはトランプをほうりなげて、ソファーで丸《まる》まった。

ジャックは大声《おおごえ》で笑《わら》いながらも、スネイクの背中《せなか》をぽんぽんとたたく。

「話《はなし》を進《すす》めよう。スネイク。**マキ・エジソン**について、わかったことはあったかい？」

「あの女《おんな》のことは、なんもわからんかったネ」

「へぇ、お前《まえ》にも、調《しら》べられないことがあんだな」

「ムカついたから、手《て》あたり次第《しだい》にサイバー攻撃《こうげき》をしまくったけん。そしたら、ナノ・エメラルドの父親《ちちおや》の、**セフィロ**の情報《じょうほう》をゲットできたんじゃ」

ルシィルが、よくやったね、と口《くち》のはしを上《あ》げる。

「こいつはもともとエメラルドのBS《ビーエス》で、**BS《ビーエス》の研究者《けんきゅうしゃ》**じゃった。ほんで、世界《せかい》の守護者《しゅごしゃ》と一緒《いっしょ》に、世界《せかい》の終《お》わりについて研究《けんきゅう》してたみたいじゃ」

スネイクのタブレットには、セフィロの研究《けんきゅう》ノートが映《うつ》っていた。

研究《けんきゅう》ノートNo.《ナンバー》7
現在《げんざい》、私《わたし》たちは、犠牲《ぎせい》をはらうことなく、世界《せかい》を終《お》わらせない方法《ほうほう》を探《さが》している。

キーワードは、この地球《ちきゅう》は生命体《せいめいたい》であり、生命力《せいめいりょく》を必要《ひつよう》としていること。

そして、あるアイテムが必要《ひつよう》ということだ。

本日《ほんじつ》、そのアイテムについて、マルリンという【渡し守《わたもり》】に聞《き》いてみた。

しかし、【渡し守《わたもり》】は人間界《にんげんかい》の一部《いちぶ》の者《もの》だけに情報《じょうほう》を与《あた》えすぎてはならないルールがあるため。

教《おし》えてもらうことは叶《かな》わなかった。

だが、私《わたし》は予言《よげん》をもらった。

私《わたし》は〝三〇〇年《ねん》に一度《ど》ひらかれる会合《かいごう》に参加《さんか》して、ある人《ひと》と会《あ》わなければならない〟らしい。

そのときに、〝私《わたし》は全《すべ》てを理解《りかい》している〟らしい。

【渡し守《わたもり》】の予言《よげん》は必《かなら》ずあたる。だから私《わたし》は、会合《かいごう》に参加《さんか》することを決《き》めた。

ノートの最後《さいご》には、**インフィニティマーク**のサインが描《か》かれていた。

「あの世界警察《せかいけいさつ》の最高顧問《さいこうこもん》のマルリンが、予言《よげん》をしたのか……」

ルシィルはあごに手《て》をあてた。

【渡し守《わたしもり》】は、人間《にんげん》とはちがう時《とき》を、ちがう次元《じげん》で生《い》きている。だから、基本的《きほんてき》には特定《とくてい》の人間《にんげん》の支援《しえん》をしない。いまも、マルリンが世界警察《せかいけいさつ》の最高顧問《さいこうこもん》をやっていることが異例《いれい》なのに……。

いったい、マルリンは何《なに》を考《かんが》えてるんだ？」

さあ？　とイェールとジャックは、両手《りょうて》のひらを上《うえ》に向《む》けた。

「なにより、ナノの父親《ちちおや》は、**八年前《ねんまえ》にだれと会《あ》わなければならなかったのだろう？**　そして、八年前《ねんまえ》の悲劇《ひげき》の日《ひ》に、**なにを理解《りかい》していたのだろう？**」

ルシィルは、深《ふか》く考《かんが》え込《こ》みながら、髪《かみ》をなぞった。

「スネイク、きみは八年前《ねんまえ》のあの日《ひ》、セフィロが会《あ》った人物《じんぶつ》を、特定《とくてい》できるかい？」

「ワシはインターネットに残《のこ》った記録《きろく》しか見《み》つけられんネ。あの島《しま》には監視《かんし》カメラもないんじゃろ？　ワシでも調《しら》べるのはムリじゃけん」

そうか、とつぶやいたルシィルは、目《め》をふせて考《かんが》えこむと、頭《あたま》をふった。

「とりあえず、いまは**僕《ぼく》らの計画《けいかく》**について考《かんが》えよう。スネイク、例《れい》のものを見《み》せてくれ」

「事前《じぜん》に、ナノ・エメラルドのコンタクトのデータをすべて読《よ》みこめるようにしといたんじゃ」

スネイクのタブレットに映《うつ》ったのは。

ダイアモンドと真珠《しんじゅ》の暗号《あんごう》だった。

「これで、**全《すべ》ての暗号《あんごう》が集《あつ》まった。**ナノが暗号《あんごう》を壊《こわ》したとわかったら、Ｒｅ：Ｓｔａｒｔ《リスタート》は、手荒《てあら》なまねをしてでも、必《かなら》ず残《のこ》りの暗号《あんごう》を見《み》つけ出《だ》すだろう。彼女《かのじょ》やその仲間《なかま》を危険《きけん》な目《め》にあわせないためにも、**僕《ぼく》が先手《せんて》をうつ**」

ルシィルには、兄《あに》のティルとはちがう、彼《かれ》なりの考《かんが》えがある。

だからルシィルは、全《すべ》ての暗号《あんごう》を集《あつ》めきった。

ルームに流《なが》れる音楽《おんがく》が、クラシックから、ジャズに変《か》わった。

その曲《きょく》に、ルシィルは片眉《かたまゆ》を上《あ》げて、三人《にん》を見《み》た。

「ここも、危《あぶ》ない。そろそろ移動《いどう》しよう」

四人《にん》は立《た》ち上《あ》がった。

「**宿命《しゅくめい》をつぶすのが、僕《ぼく》らの正義《せいぎ》だ。**理想《りそう》の世界《せかい》のために、僕《ぼく》らの計画《けいかく》を最終段階《さいしゅうだんかい》に進《すす》めよう」

「「おう」」

「お給料《きゅうりょう》はずんでネ」

Doubt《ダウト》は、それぞれの目的地《もくてきち》へ向《む》かった。

2. ルシィルの契約《けいやく》

シンガポールの港《みなと》にかげを落《お》とす、山《やま》のように巨大《きょだい》な船《ふね》。

そのシャンデリアの輝《かがや》く一室《いっしつ》で。

Doubt《ダウト》とわかれた**ルシィル**は、メイスに向《む》き合《あ》っていた。

「約束《やくそく》の時《とき》までに、全《すべ》ての暗号《あんごう》をそろえました」

ルシィルは、過去《かこ》にメイスに出《だ》された**条件《じょうけん》**を思《おも》い出《だ》した。

それは、**【蛇《へび》】**から解放《かいほう》されるには、**【Fake Stone《フェイクストーン》】**のつくり方《かた》を教《おし》えることに加《くわ》えて、期限内《きげんない》に全《すべ》てのBS《ビーエス》の暗号《あんごう》を集《あつ》めなければならない、ということ。

そして、BS《ビーエス》であるイエールを解放《かいほう》することはできないけれど。

ルシィルが幹部《かんぶ》になれば、イエールを少《すこ》しは自由《じゆう》にできるということだった。

制限時間《せいげんじかん》を示《しめ》す**砂時計《すなどけい》**には、まだ砂《すな》が残《のこ》っている。

「よくやった。お前《まえ》が集《あつ》めなければ、暗号《あんごう》の場所《ばしょ》を知《し》っている者《もの》を捕《と》らえて、口《くち》を割《わ》るまで、ひどい目《め》にあわせていただろう」

メイスは、肩《かた》をすべる黒《くろ》いヘビをなぞりながら冷笑《れいしょう》した。

「だが、お前《まえ》との**約束《やくそく》**を守《まも》るのは、**全《すべ》てが終《お》わってからにしよう**」

メイスが、六角形《ろっかっけい》のクリスタルをなぞって、ひとみに力《ちから》をこめた瞬間《しゅんかん》——

「うっ」

ルシィルの首《くび》の後《うし》ろにある、黒《くろ》い蛇《へび》の模様《もよう》が、首輪《くびわ》のようにのびていく。

蛇《へび》の模様《もよう》の、口《くち》と尾《お》は限《かぎ》りなく近《ちか》づいていた。

「お前《まえ》は以前《いぜん》、**【蛇《へび》】のヨーロッパ支部《しぶ》を崩壊《ほうかい》させた。**その罪《つみ》への**仕置《しお》き**が必要《ひつよう》だ。時《とき》が来《く》るまで、お前《まえ》もBS《ビーエス》とともに捕《と》らえておこう」

首《くび》の苦《くる》しさにひざをついたルシィルは、船《ふね》の最下部《さいかぶ》に連《つ》れていかれた。

ルシィルはそこで、いくつもの檻《おり》が並《なら》び、BS《ビーエス》が捕《と》らえられているのを見《み》た。

檻《おり》の一つに入《い》れられたルシィルは、冷《つめ》たい鉄柵《てっさく》に背中《せなか》をあずけると。

舌《した》の動《うご》きだけで、仲間《なかま》に伝《つた》えた。

——**計画通《けいかくどお》りだよ**——

3．やらかしてしまった考古学者《こうこがくしゃ》

「コフィン、**全《すべ》ての暗号《あんごう》がそろった**。クリスタルの暗号《あんごう》は、私《わたし》が記憶《きおく》していたものを、あらためて伝《つた》えよう。これらすべてを合《あ》わせて、**いますぐ解読《かいどく》をしろ**」

メイスから、ダイアモンドと真珠《しんじゅ》とクリスタルの暗号《あんごう》を受《う》けとったコフィンは。

「や、やっと、ずっと知《し》りたかった、**BS《ビーエス》の秘密《ひみつ》の全文《ぜんぶん》**が解《と》けるんだ……」

胸《むね》を高鳴《たかな》らせて、その暗号《あんごう》を見《み》つめると、**【真実《しんじつ》の書《しょ》】**を開《ひら》いた。

「モード：READING《リーディング》」

【真実《しんじつ》の書《しょ》】にうかび上《あ》がった一〇個《こ》の暗号《あんごう》が、つながった。

「なんて書《か》いてある？」

期待《きたい》のこもったメイスの声《こえ》に、コフィンは、深《ふか》く息《いき》をすった。

【はじまりの光《ひかり》】は　人間界《にんげんかい》をつくりたもうた

一〇人《にん》の人間《にんげん》をつくり　石《いし》の守《も》り人《びと》の役割《やくわり》を与《あた》え

守《も》り人《びと》たちに世界《せかい》を導《みちび》く　宿命《しゅくめい》を与《あた》えたもうた
我《われ》ら守《も》り人《びと》は　三〇〇年《ねん》に一度《ど》　終《お》わってはじまる世界《せかい》で
正《ただ》しき選択《せんたく》をいたします」
そのあとには。
「この文言《もんごん》を　真実《しんじつ》を司《つかさど》るコクマーが読《よ》み上《あ》げ
我《われ》らのはじまりの地《ち》　エメラルド島《とう》を出現《しゅつげん》させます
と書《か》かれています」
そう読《よ》み上《あ》げて――コフィンはかたまった。
「あれ、ぼくいま、**読《よ》み上《あ》げちゃったよ?**」
数秒後《すうびょうご》に、ことの重大《じゅうだい》さを理解《りかい》したコフィンは、気絶《きぜつ》し。
エメラルド島《とう》は出現《しゅつげん》した。

4. 夜《よる》の植物園《しょくぶつえん》でおさななじみと

シンガポール〈6月《がつ》19日《にち》 PM《ピーエム》7：30〉

オレンジの太陽《たいよう》がしずみ、世界《せかい》があい色《いろ》に染《そ》まるころ。

「とうとう明日《あした》だね」

「ああ、絶対《ぜったい》にプロ試験《しけん》に合格《ごうかく》して、**プロスパイになるぞ**」

あたしはいま、レオと二人《ふたり》で、**有名《ゆうめい》な植物園《しょくぶつえん》**にいる。ここは、町《まち》一つ分《ぶん》くらい広《ひろ》いんだ。

明日《あした》、この植物園《しょくぶつえん》で『スペード印《じるし》』の八〇〇周年記念《しゅうねんきねん》パーティーがひらかれるんだ。

いまも、パーティーの準備《じゅんび》のために、たくさんの従業員《じゅうぎょういん》が出入《でい》りしてる。

あたしたちも、さっきまで計画《けいかく》の最終《さいしゅう》チェックをしてたんだ。

アースボールを盗《ぬす》み出《だ》すっていうプロ試験《しけん》に合格《ごうかく》できるかどうかは、明日《あした》にかかってるんだ。

あたしたちは、出口《でぐち》に向《む》かって、ライトアップされた花《はな》や草木《くさき》をながめながら歩《ある》いた。

常夏《とこなつ》であったかいはずのシンガポールも、世界《せかい》でおきている**異常気象《いじょうきしょう》の影響《えいきょう》**をうけていた。

短期間《たんきかん》で、暑《あつ》くなったり、寒《さむ》くなったりして、一日《いちにち》の気温差《きおんさ》が二〇度以上《どいじょう》もあったりするんだ。

だから、植物園《しょくぶつえん》のバラやランなどの花々《はなばな》は、いつもとちがう時期《じき》に咲《さ》いたりしてる。

夕刻《ゆうこく》のいまは、少《すこ》しあったかいくらいで、すごしやすいからラッキーだ。

「明日《あした》は、**ティル**が協力《きょうりょく》してくれるから助《たす》かるよ」

ティルは、アースボールを盗《ぬす》む計画《けいかく》にも、参加《さんか》してくれるんだ。

「……あんまり、あいつのことを信用《しんよう》するなよ」

「わかってるよ！　でも、ティルってあんがい悪《わる》くないやつだったよ」

最近《さいきん》、ティルの名前《なまえ》を出《だ》すと、レオの表情《ひょうじょう》の雲行《くもゆ》きが悪《わる》くなって、だいたい雨模様《あめもよう》になる。

「あ、**スーパーツリーだ！**」

この植物園《しょくぶつえん》には、人工的《じんこうてき》に作《つく》られたスーパーツリーっていう、鉄《てつ》パイプとコンクリートでつくられた巨大《きょだい》な木《き》が、一八本《ぽん》あるの。そんなツリーに、いまは光《ひかり》が灯《とも》ってる。

「はしゃぎすぎるなよ、おれたちは**下見**《したみ》に来《き》たんだからな」

そう言《い》いながらも、レオの目《め》だって楽《たの》しそうにかがやいてる。

こういう子《こ》どもっぽいレオを見《み》ると**安心**《あんしん》する。

最近《さいきん》のレオってどんどん大人《おとな》っぽくなるからさ。

「もうすぐ**ナイトショー**がはじまるから、見《み》ていこうよ！」

あたしたちは、周《まわ》りの観光客《かんこうきゃく》と同《おな》じように、地面《じめん》にねっころがった。

レオがパーカーをまくらのようにしてくれたから、一緒《いっしょ》に頭《あたま》をのせた。

背中《せなか》をあずけた地面《じめん》は、昼間《ひるま》の熱《ねつ》がまだのこっているのか、ほのかに温《あたた》かかった。

空《そら》にひびきわたる音楽《おんがく》とともにナイトショーがはじまって、いろんな言語《げんご》の曲《きょく》が流《なが》れていく。

ツリーに星《ほし》が実《みの》ったかのように、**金**《きん》、**赤**《あか》、**青**《あお》、**緑**《みどり》とカラフルな色《いろ》をきらめかせていく。

いまだけは、プロ試験《しけん》のことを忘《わす》れて、楽《たの》しもうって思《おも》った。

あたしはこれからプロスパイになって、きっと、いろんなことを経験《けいけん》する。

そのなかで、**本当の名前**《ほんとう》《なまえ》を知《し》っているレオと、夜空《よぞら》を見上《みあ》げた思《おも》い出《で》が。

これからのあたしを支《ささ》えてくれる気《き》がした。

やさしい視線《しせん》を感《かん》じて、となりを見《み》れば、レオがあたしを見《み》てた。


「どうしたの？」

「いや、本当《ほんとう》に、**あっという間**《ま》だったな、と思《おも》って」

左手首《ひだりてくび》のリストバンドの、サファイアをなぞりながら、レオが言《い》った。

「覚《おぼ》えてるか？　去年《きょねん》の初等部《しょとうぶ》の終《お》わりごろ、お前《まえ》の進学《しんがく》テストの点数《てんすう》がひどすぎて、**中等部**《ちゅうとうぶ》**に**

上《あ》がれなそうだったこと」

「忘《わす》れるわけないよ！　初《はじ》めてレオと相棒《バディ》を組《く》んで、任務《ミッション》をしたんだもん！」

アメリカの空港《くうこう》で、脱獄犯《だつごくはん》を捜《さが》して、飛行機《ひこうき》でハイジャック犯《はん》とティルと戦《たたか》って。

クリスタル石板《せきばん》をとり返《かえ》したんだ。

「それから、中等部《ちゅうとうぶ》に上《あ》がって、**シャルル**と**マキ**と会《あ》って、ケンカしながら**フランスのパリ**で**交流《こうりゅう》会《かい》**をしたよね！　あのとき、レオが話《はなし》を聞《き》いてくれたから、いまシャルルと仲良《なかよ》くできてるよ」

「当時《とうじ》は、どうなることか、とひやひやしたけどな」

あきれ顔《がお》をしながらも、その表情《ひょうじょう》はやさしい。

「その次《つぎ》は、コフィンと一緒《いっしょ》に、レベル４《フォー》の任務《ミッション》をして、**エジプト**で**幻《まぼろし》の楽園《らくえん》**に行《い》ったな。墓荒《はかあ》らしと戦《たたか》って、最後《さいご》は棺《ひつぎ》にのって脱出《だっしゅつ》したことは、

いまでも覚《おぼ》えてる」

「あれも大変《たいへん》だったよね！　そのあとは、ファッション部《ぶ》といっしょにイギリスのバッキンガム宮《きゅう》殿《でん》でファッションショーをしたよね！　あそこで、ルシィルと出会《であ》ったんだ」

レオの顔《かお》がくもる。大嵐《おおあらし》のまえみたいなくもり空《ぞら》だ。

「そのあと、ウィンターホリデーで、ギリシャの海底《かいてい》に行《い》って、火山島《かざんとう》にも行《い》ったな」

「うん。あのときは、シャルルもギルもはなれちやって、本当《ほんとう》にかなしかった」

「でも、インターンシップでイタリアに行《い》って、ヴェネツィアでギルと再会《さいかい》して、最後《さいご》はもどってきてもらえた。おれは、お前《まえ》のやらかしたことをゼインに説明《せつめい》するとき、ひやひやしたぞ」

頭上《ずじょう》のツリーが、金《きん》から赤《あか》へ、そして青《あお》から緑《みどり》に染《そ》まっていく。

「そのせつは、本当《ほんとう》にありがとうございました。あのあと、レオとプラネタリウムに行《い》って、四本《ほん》のバラをもらったの、いまでも覚《おぼ》えてるよ！」

レオが、はずかしそうに、口《くち》をひきむすんで顔《かお》をそらす。

「そのあと、学年末旅行《がくねんまつりょこう》で、日本《にほん》でニムと会《あ》って、嫁《よめ》とり陣《じん》とり合戦《がっせん》をしたよね」

「……ああ」

そっぽを向《む》いたままのレオの声《こえ》は、ちょっとかすれてる。

その耳《みみ》がどんどん赤《あか》くなってるように見《み》えるのは、たぶん、ライトのせいじゃない。

「日本《にほん》から帰《かえ》るときくらいから、レオ、ちょっと変《へん》だったけど、あれなんだったの？」

「なんでもない」

そっけないレオに、ほっぺがふくらむ。でも、まあいいや。

「でもさ、学園《がくえん》に来《き》てから、ずっと一緒《いっしょ》の時間《じかん》をすごしてきたって思《おも》うと、すごいよね」

「たしかにな。本当《ほんとう》に……長《なが》い時間《じかん》を一緒《いっしょ》にすごしたな」

レオの青《あお》い眼《め》は、ずっと遠《とお》くを映《うつ》していた。

それからレオは、眉《まゆ》を下《さ》げて、困《こま》ったように笑《わら》った。

「まあ、ずーっと、お前《まえ》は予測不能《よそくふのう》で、なにをやらかすかわからない**大《おお》バカ**だったな」

「バカっていうな！」

地面《じめん》に手《て》をおいて起《お》き上《あ》がれば、レオもゆっくり上体《じょうたい》を起《お》こして。

「**おれの正義《せいぎ》は、大切《たいせつ》な人《ひと》を、その人《ひと》の正義《せいぎ》ごと、一生《いっしょう》の時間《じかん》をかけて守《まも》ることだ**」

あたしの手《て》に、手《て》をかさねて言《い》った。

「**おれは、お前《まえ》と相棒《バディ》になれてよかった**」

あたしをのぞきこむサファイアのひとみが、宝物《たからもの》を見《み》つめるみたいに幸《しあわ》せそうに細《ほそ》められた。

その言葉《ことば》や、そのひとみに、手《て》のこうに伝《つた》わる熱《ねつ》が、全身《ぜんしん》をかけめぐって。

なんでか、心音《しんおん》を大《おお》きくするから、つい、目《め》をそらしちゃった。

「あ、あたしもだよ」

あたしの手《て》を、きゅっとにぎったレオが、小《ちい》さく息《いき》をすった。

「ナノ、もうすぐ**七月四日《がつよっか》**だろ？　なんの日《ひ》か覚《おぼ》えてるか？」

「もちろん、**アメリカの独立記念日《どくりつきねんび》**だよね！」

「この試験《しけん》が終《お》わって、学園《がくえん》にもどったら、今年《ことし》も、二人《ふたり》だけで**パレード**を見《み》に行《い》かないか？」

「え、行《い》こ！　あたしたちが初等部《しょとうぶ》一年生《ねんせい》のときから、いつもレモネードを飲《の》んで、アイスクリームを食《た》べて、夜《よる》に花火《はなび》を見《み》てたもんね！　くぅ〜いまから楽《たの》しみだ！」

ふわっとうれしそうに笑《わら》うレオに、なぜか、顔《かお》があつくなる。

でも、サファイアのひとみが、どんな光《ひかり》よりも、**きれい**で。

その光《ひかり》を、いつまでも見《み》ていたかったから、もう、目《め》はそらさなかった。

ショーが終《お》わるまで、あたしはレオと手《て》をつなぎながら、ねっころがって思《おも》い出話《でばなし》をつづけた。


ナイトショーが終《お》わったあとの、マンションへの帰《かえ》り道《みち》。

レオと一緒《いっしょ》に歩《ある》いていれば、植物園《しょくぶつえん》の正面《しょうめん》にある、マリーナベイ・サンズという高級《こうきゅう》なホテルが、緑《みどり》の光《ひかり》をはなってかがやいているのが見《み》えた。

三つのタワーに船《ふね》がのったような形《かたち》のホテルには、ショッピングモールやカジノまであるんだ。

そのとき——**突然**《とつぜん》、あたしの脳裏《のうり》に、**六角形**《ろっかっけい》**の白**《しろ》**い島**《しま》がうかんだ。

パッと顔《かお》を上《あ》げたレオと、目《め》を見合《みあ》わせた。

「レオ」

「ああ……**エメラルド島**《とう》**が、出現**《しゅつげん》**したんだ**」

無意識《むいしき》に、その島《しま》を、なつかしいと感《かん》じた。

5．八〇〇周年記念《しゅうねんきねん》パーティー

シンガポール　〈6月20日《がつはつか》　PM《ピーエム》11：00〉

プロ試験《しけん》の、任務《ミッション》の最終日《さいしゅうび》。

夜闇《よやみ》の光《ひかり》に照《て》らされた花々《はなばな》が、美《うつく》しく咲《さ》きほこる広大《こうだい》な植物園《しょくぶつえん》で。

『スペード印《じるし》』の八〇〇周年記念《しゅうねんきねん》パーティーがひらかれていた。

さまざまなイベントの開催《かいさい》される会場《かいじょう》では、世界《せかい》の重要人物《じゅうようじんぶつ》たちが話《はな》し合《あ》っている。

その会場《かいじょう》の一角《いっかく》で、多《おお》くの企業《きぎょう》が、それぞれのテーブルで新商品《しんしょうひん》を紹介《しょうかい》していた。

あたしは、となりにいるティルを見上《みあ》げた。

「とうとうこの日《ひ》が来《き》たね！　たいへんだったけど、ティルのおかげで、なんとかなったよ」

ティルがアドバイザーを務《つと》めてサポートしてくれたから、担当《たんとう》したプロジェクトをやりきることができたんだ。まあ、恋人《こいびと》っていうサイアクな役割《やくわり》までついてきたけど。

おかげで、順調《じゅんちょう》にプロ試験《しけん》をすすめることができたんだ。

「どういたしまして」

ティルは数日前《すうじつまえ》から、なんだかそっけない。

ま、別《べつ》にいいけどさ。

あたしたちは、あいさつがてら、さまざまな展示《てんじ》を見《み》て回《まわ》っていく。

――こちらペッパー。タロがバーバルを眠《ねむ》らせたから、これから移動《いどう》させるよ――

チームメンバーは、世界警察《せかいけいさつ》や『スペード印《じるし》』の動《うご》きを見《み》ながら、計画《けいかく》を進《すす》めてくれている。

この調子《ちょうし》なら、アースボールを盗《ぬす》むプロ試験《しけん》も、きっとうまくいくはずだ！

そのとき、近《ちか》くのテーブルから、ひそめた声《こえ》が聞《き》こえた。

「アベル、勝手《かって》に出歩《であ》かないでくださいね。私《わたし》たちはまだ要注意人物《ようちゅういじんぶつ》と言《い》われているんですよ」

「サイ、わかってる。今回《こんかい》は、我々《われわれ》バロイア国《こく》のイメージ回復《かいふく》のために来《き》たんだ。ヘマはしない」

その【Baroia《バロイア》】という会社《かいしゃ》のスペースでは、きらびやかな軍服姿《ぐんぷくすがた》の、サイという金髪《きんぱつ》の青年《せいねん》と、アベルという黒髪《くろかみ》の青年《せいねん》がならんでいた。

その二人《ふたり》が、ティルを見《み》た瞬間《しゅんかん》、目《め》をギラリと光《ひか》らせた。

「これはこれは！　【ディアモンド】のティル・ゴールドさまじゃないですか！」

「【ディアモンド】にぴったりの新商品《しんしょうひん》があるんですよ！」

前《まえ》のめりで話《はな》すサイとアベルに、ティルは笑顔《えがお》であいづちをうつ。

でも、あたしにはわかった。ティルの目《め》には、めんどうくさい、って感情《かんじょう》がこもってるって。

「ティルさまだけに、**未発表《みはっぴょう》の商品《しょうひん》を**、**特別《とくべつ》に紹介《しょうかい》**いたします」

ハガキサイズのうすいガラスケースには、緑色《みどりいろ》のペタペタしたコケが入《はい》っていた。

「これは**コピーコケ**という、身体情報《しんたいじょうほう》を読《よ》みとって、コピーすることができる、バイオ技術《ぎじゅつ》を使《つか》ったコケです。これを応用《おうよう》すれば、きっと医療《いりょう》や美容《びよう》に役立《やくだ》つでしょう！」

ひと息《いき》で話《はな》すサイには、絶対《ぜったい》にチャンスを逃《に》がさないっていう力強《ちからづよ》さがある。

身体《しんたい》の情報《じょうほう》をコピーするなんて、**すごい技術《ぎじゅつ》だ！**

「前向《まえむ》きに考《かんが》えたいです。なので、試作品《しさくひん》をいただいても？」

バロイア国《こく》の二人《ふたり》はニッコリ笑《わら》って、コピーコケをティルにわたした。

「もちろんです。箱《はこ》に名刺《めいし》と説明書《せつめいしょ》を入《い》れておきました。素敵《すてき》なお返事《へんじ》をお待《ま》ちしております」

ケースをふところに入《い》れて、テーブルを離《はな》れるティルのあとを追《お》いかける。

「バロイア国《こく》って、医療《いりょう》のことまで考《かんが》えてるなんてすごいね」

「彼《かれ》らは、基本的《きほんてき》には人《ひと》を殺《あや》めることしか考《かんが》えてないけどね。これは、使《つか》い方《かた》によってはかなり

危《あぶ》ない武器《ぶき》になる」

小首《こくび》をかしげれば、ティルは説明《せつめい》をつづけた。

「身体情報《しんたいじょうほう》をコピーできるということは、変装技術《へんそうぎじゅつ》を飛躍的《ひやくてき》に上《あ》げるということだ。セキュリティの高《たか》い場所《ばしょ》への、侵入《しんにゅう》や攻撃《こうげき》の成功率《せいこうりつ》も高《たか》めるだろうね」

「そう言《い》われると、**かなり危《あぶ》ない気《き》がしてきた**」

「バロイア国《こく》について少《すこ》し調《しら》べたかったから、一応受《いちおうう》けとっておいたけれど……。彼《かれ》らは、やっぱり**危険《きけん》**だね」

ティルとめぐるパーティー会場《かいじょう》は、さまざまな国《くに》の言葉《ことば》であふれかえっている。

たくさんの人々《ひとびと》が、一番話《いちばんはな》しやすい言葉《ことば》を選《えら》んでコミュニケーションをとっている光景《こうけい》は、いろんな文化《ぶんか》のまざりあう、**シンガポールらしさ**があった。

そんな会場《かいじょう》には、常《つね》にピリッとした**緊張感《きんちょうかん》**がある。

理由《りゆう》は、白《しろ》い制服《せいふく》の**世界警察《せかいけいさつ》**が、いたるところに立《た》っているからだ。

植物園《しょくぶつえん》には、世界的《せかいてき》な重要人物《じゅうようじんぶつ》もいるから、世界警察《せかいけいさつ》が警備《けいび》してるんだ。

でも、世界警察《せかいけいさつ》の本当《ほんとう》の目的《もくてき》は、**アースボールを手《て》に入《い》れること**だ。彼《かれ》らにとられる前《まえ》に、絶《ぜっ》対《たい》に盗《ぬす》みださないといけない。がんばらないとね！

ヴェールは、会場全体《かいじょうぜんたい》を管理《かんり》する役割《やくわり》だから、いまは、カメラを確認《かくにん》できる管理室《かんりしつ》にいる。近《ちか》くにいないのは助《たす》かるけど、常《つね》に見張《みは》られているってことだ。

しっかり警戒《けいかい》していくぞ！

――こちらペッパー。バーバルを休憩室《きゅうけいしつ》に運《はこ》んだ。一時間《じかん》後《ご》に目覚《めざ》めるまで監視《かんし》をつづける――

――こちらタロ。植物園《しょくぶつえん》を見《み》わたせるビルに移動完了《いどうかんりょう》。なにかあったときは、まかせてねぇ――

――こちらＭａｎｉ《マニ》。アイテム部《ぶ》も、ドローンを飛《と》ばして周《まわ》りの監視《かんし》をつづけるんよ――

――こちらＳＨＥＬＬ《シェル》。わたしたち情報部《じょうほうぶ》も、準備《じゅんび》はできてるわ――

仲間《なかま》の声《こえ》をピアスごしに聞《き》いて、あたしは気《き》をひきしめた。

今夜《こんや》〇時《れいじ》に、この植物園《しょくぶつえん》の地下《ちか》につくられた研究施設《けんきゅうしせつ》で。
アースボールの公開式《こうかいしき》が行《おこな》われる。
その式《しき》がはじまる前《まえ》に、あたしが**盗《ぬす》み出《だ》す**んだ。
異常気象《いじょうきしょう》が増《ふ》えた世界《せかい》で、アースボールが動《うご》き出《だ》したら、もっと大変《たいへん》なことになる。
それだけは絶対《ぜったい》に止《と》めないと。
――こちらL《エル》。準備《じゅんび》は完了《かんりょう》した。N《エヌ》、気《き》をつけて行《い》けよ――
これで、準備《じゅんび》は**カンペキ**だ。
ただ一つ、気《き》になることは――
あたしは、となりを歩《ある》くティルを見上《みあ》げた。
この数十日間《すうじゅうにちかん》、一緒《いっしょ》にいたからわかる。
いま、ティルのまとう空気《くうき》は少《すこ》しだけ**冷《つめ》たい**。
ティルは、緊張《きんちょう》してるのかな？

6. 地下《ちか》の極秘《ごくひ》研究《けんきゅう》施設《しせつ》へ

―バッジの権限《けんげん》OK《オーケー》、顔認証《かおにんしょう》OK《オーケー》、虹彩認証《こうさいにんしょう》OK《オーケー》、指《し》もん認証《にんしょう》OK《オーケー》、静脈認証《じょうみゃくにんしょう》OK《オーケー》。ティルさまと、バーバルさまの確認《かくにん》がとれました。お通《とお》りください―

あたしはいま、上司《じょうし》のバーバルに変装《へんそう》して。

ティルとともに、展望台《てんぼうだい》のある大《おお》きなツリーの下《した》にいるんだ。

七人《にん》の警備員《けいびいん》にチェックされて、金属探知機《きんぞくたんちき》のようなゲートをくぐった。

いまは、ウロボロスのバッジをもった人《ひと》しか、この先《さき》に進《すす》むことができないんだ。

エレベーターに乗《の》れば、なかにいた黒服《くろふく》の案内人《あんないにん》が、コントローラーを操作《そうさ》した。

「地下《ちか》の研究施設《けんきゅうしせつ》へご案内《あんない》いたします」

展望台《てんぼうだい》にのぼるためのエレベーターは、いまは、地下《ちか》の極秘研究施設《ごくひけんきゅうしせつ》につながってるんだ。

下《した》へおりていくのを感《かん》じながら、あたしは深呼吸《しんこきゅう》をした。

「到着《とうちゃく》いたしました」

開《ひら》いた扉《とびら》の先《さき》には、銀一色《ぎんいっしょく》のまっすぐな通路《つうろ》があった。

ここは、においもなく、あらゆる菌《きん》が消《け》されてそうなほど、何《なに》もなかった。

「お二人《ふたり》には、この**指輪《ゆびわ》**をつけていただきます」

案内人《あんないにん》がわたしてきたのは、身体《しんたい》チェック機能《きのう》のついた指輪《ゆびわ》だった。

「この指輪《ゆびわ》は、**位置情報《いちじょうほう》**のほかに、脈拍《みゃくはく》などの身体情報《しんたいじょうほう》を読《よ》みとって、お客様《きゃくさま》の健康状態《けんこうじょうたい》を把《は》あくできるようにしています」

最悪《さいあく》だ！　こんなの、事前《じぜん》の情報《じょうほう》になかった。

説明《せつめい》を終《お》えた案内人《あんないにん》はエレベーターに乗《の》って、地上《ちじょう》へ向《む》かっていった。

「ティル、どうする？　これをつけたら、**アースボールの保管場所《ほかんばしょ》に行《い》く**ことがバレちゃう」

通路《つうろ》を進《すす》みながら聞《き》けば、ティルがふところから、ガラスケースをとりだした。

「これは、あまり使《つか》いたくなかったのだけれど」

さっきバロイア国《こく》にもらった、脈拍《みゃくはく》や体温《たいおん》を読《よ》みとるコピーコケだ。

こんなところで役《やく》に立《た》つなんてね、と言《い》いながら、ティルはコケをあたしの手《て》にのせた。

「三〇秒《びょう》で、**きみの身体情報《しんたいじょうほう》はコピーされる。**一時間程度《じかんていど》しかもたないから、すぐにはじめるよ」

もぞもぞとうごくコケは、じわっと広《ひろ》がると、あたしの手《て》をおおって。

あたしの手《て》と、まったく同《おな》じ大《おお》きさの緑色《みどりいろ》の手袋《てぶくろ》みたいになった。

「う、ちょっと不気味《ぶきみ》」

「かなりね」

手《て》から外《はず》しても、コピーコケの形《かたち》はくずれない。

ティルは、それをジッと見《み》て、そして、あたしを見《み》た。

その金色《きんいろ》のひとみには、迷《まよ》うようなかげりがあった。

「ティル」

真正面《ましょうめん》から、その名前《なまえ》を呼《よ》んだ。

「あたしは、**あんたを、みんなを、笑顔《えがお》にするよ**」

ティルは目《め》を見開《みひら》いて、そして、口《くち》のはしを上《あ》げた。

「わたしはきみにしてもらわなくとも、大切《たいせつ》なものを守《まも》って、自分自身《じぶんじしん》で笑《わら》ってみせるよ」

ティルは、自分《じぶん》の手《て》と、コピーコケの手《て》に指輪《ゆびわ》をはめると、一呼吸《ひとこきゅう》おいて言《い》った。

「ナノ、きみは、**夜《よる》の植物園《しょくぶつえん》でＲｅ：Ｓｔａｒｔ《リスタート》に捕《つか》まる**」

「え？」

「という**未来《みらい》**を、Ｒｅ：Ｓｔａｒｔ《リスタート》のカフが見《み》たんだ。……いまは、わたしへの**監視《かんし》**が強《つよ》まっている。だから、ここから先《さき》は、もうきみに協力《きょうりょく》できない。助《たす》けることもできない」

その言葉《ことば》も、その表情《ひょうじょう》も、真剣《しんけん》だった。

「ティル、ありがとう。カフの未来《みらい》は、変《か》わることもあるんでしょ？　あたしは、世界一《せかいいち》のスパイになるからね、捕《つか》まらないよ」

そのとき、エレベーターでおりてきた新《あら》たなゲストの声《こえ》が、背後《はいご》から聞《き》こえてきた。

「これが、本当《ほんとう》に最後《さいご》だ。わたしが足止《あしど》めをするから、あとはまかせたよ」

ティルは表情《ひょうじょう》をゆるめて、いたずらっぽく笑《わら》った。

「ナノ、きみは腹《はら》が立《た》つ人間《にんげん》だけれど、それでも、悪《わる》くはなかった」

「ティルってほんとすなおじゃないね。まあ、腹《はら》が立《た》つって言葉《ことば》は、そっくりそのまま返《かえ》すけど。あたしも、ティルのこと悪《わる》くないって思《おも》ったよ。じゃあ、行《い》ってくる」

——こちらSHELL《シェル》。いまから一〇分間《ぷんかん》、監視《かんし》カメラを、ニセ映像《えいぞう》に切《き》りかえるわ——

ここにある全《すべ》ての監視《かんし》カメラを、シャルルがハッキングしてくれているんだ。

あたしは、ビジネススーツ姿《すがた》から、スパイスーツに着《き》がえながら、廊下《ろうか》を走《はし》る。

背後《はいご》から、ティルとゲストの楽《たの》しげな笑《わら》い声《ごえ》が、かすかに聞《き》こえた。

深呼吸《しんこきゅう》をして、最高《さいこう》のアイテムの入《はい》ったリュックを背負《せお》って。

任務《ミッション》スタートだ！

あたしのいる研究施設《けんきゅうしせつ》は、**十字形《じゅうじがた》**になってる。

中央《ちゅうおう》に広場《ひろば》があって、**東西南北《とうざいなんぼく》**につきでた研究室《けんきゅうしつ》があるんだ。

いまは、中央《ちゅうおう》と北《きた》の研究室《けんきゅうしつ》をつなぐ通路《つうろ》にいる。

〇時《れいじ》に、**中央《ちゅうおう》の広場《ひろば》**で、アースボールの公開式《こうかいしき》がはじまるんだ。

――中央《ちゅうおう》の広場《ひろば》には、世界警察《せかいけいさつ》が潜入《せんにゅう》しているみたいよ。近《ちか》づかないように気《き》をつけて――

シャルルの言葉《ことば》に、あたしはうなずいた。

アースボールを壊《こわ》そうとしている世界警察《せかいけいさつ》にもバレないように、気《き》をつけないと！

公開式《こうかいしき》の直前《ちょくぜん》まで、アースボールが保管《ほかん》されているのは、

北《きた》の研究室《けんきゅうしつ》の、最奥《さいおう》だ。

警備員《けいびいん》がアースボールを移動《いどう》させるのは、二三**時《じ》**五〇**分《ぷん》**。

いまは、二三**時《じ》四〇分《ぷん》**。

あたしはいまから**一〇分《ぷん》**で、**北《きた》の研究室《けんきゅうしつ》の最奥《さいおう》にあるアースボールを盗《ぬす》みだす**んだ。

そこに行《い》くためには、四つのトラップを突破《とっぱ》しないといけない。

――まずは**第一《だいいち》トラップ**。セキュリティドアだ――

レオの声《こえ》の後《うし》ろで、シャルルと一条《いちじょう》とさとるが、気合《きあ》いを入《い》れる声《こえ》が聞《き》こえた。

セキュリティロックがされたドアには。

虹彩《こうさい》っていう、目《め》に色《いろ》がついている部分《ぶぶん》をチェックする**センサー**と。

毎分変更《まいふんへんこう》される**パスワード**が登録《とうろく》されているんだ。

あたしは、アイテム部《ぶ》がつくった、最新《さいしん》のコンタクトをつけた。

これには、一条《いちじょう》とペッパーが、事前《じぜん》に入手《にゅうしゅ》してくれた研究員《けんきゅういん》の虹彩《こうさい》がコピーされてるんだ。

――このパスワードは、ぼくの得意分野《とくいぶんや》だよ！　……**解《と》けた！**――

一条《いちじょう》の声《こえ》と同時《どうじ》に、ぶあついドアが開《ひら》く。

あたしの仲間《なかま》は最高《さいこう》にクールだ！

――**第《だい》一トラップ突破《とっぱ》**だ。よくやった――

タイムリミットは、のこり九分《ふん》！

トラップは、のこり三つ。

これならよゆうで北《きた》の研究室《けんきゅうしつ》に行《い》ける！

――**第《だい》二トラップ**は、超高出力《ちょうこうしゅつりょく》レーザーだ――

ドアの先《さき》には、少《すこ》しせまくなった通路《つうろ》があって。

七〇メートルほど先《さき》に、次《つぎ》のドアがある。

ウィンッ

クモの巣《す》のように、あみ目状《めじょう》になった赤《あか》いレーザーが、向《む》こうからやってきた。

――まって！　うそ……**レーザーを止《と》められないわ！**――

「え？」

レーザーは、どんどん近《ちか》づいてくる。

7. あまたのトラップ

「大丈夫《だいじょうぶ》！　これくらい、よけられるよ！」

――あのレーザーは、**どんなものでも焼《や》き切《き》る。**絶対《ぜったい》にあたるなよ――

――わたしたちは、通路《つうろ》の先《さき》のドアのロックを解除《かいじょ》するわ！――

レオとシャルルの声《こえ》を聞《き》きながら、深呼吸《しんこきゅう》をした。

幾何学模様《きかがくもよう》をうみ出《だ》す、赤《あか》いレーザーは、毎秒《まいびょう》、形《かたち》を変《か》えていく。

「**モード：ＥＹＥＳ《アイズ》**」

その不規則《ふきそく》な動《うご》きを、見極《みきわ》める。

すきまが、**見《み》えた！**

ひざをゆるめて床《ゆか》を蹴《け》り、反動《はんどう》をつかって壁《かべ》を走《はし》り、踊《おど》るようにレーザーをよけて進《すす》めば。

「いけた！」

――いま、ドアのロックを開《あ》けたわ！――

ドアを開《あ》けようとしたとき。
いやな予感《よかん》がした。**これを開《ひら》いちゃダメだ。**
「この先《さき》は、**ダメだ**」
――わかった、N《エヌ》、お前《まえ》の**直感《ちょっかん》**を信《しん》じる――
そのとき――
――N《エヌ》、危《あぶ》ない！　後《うし》ろから来《き》てるわ！――
ハッと振《ふ》り返《かえ》った目《め》の前《まえ》に、赤《あか》いレーザーがせまっていた。
シュバッ
間一髪《かんいっぱつ》、ワイヤーロープで、天井《てんじょう》に上《あ》がった。ギリギリセーフだ。
でも、リュックのはしを、レーザーがかすった。
その瞬間《しゅんかん》――部屋《へや》が真《ま》っ暗《くら》になった。
――レーザーにものが触《ふ》れたから、**警戒《けいかい》レベルが上《あ》がったわ！**――
――N《エヌ》、**プランB《ビー》**の道《みち》でいくぞ――
「わかった」
あたしはスチールでできた天井《てんじょう》に、穴《あな》を開《あ》けた。

マキのくれた『**レーザーくん**』っていうレーザーカッターは、どんなものでも切《き》れるんだ。天井裏《てんじょううら》は、高電圧《こうでんあつ》のパイプがひしめき合《あ》っていて、かなり危険《きけん》なんだ。だから、ここを通《とお》らない正規《せいき》ルートのプランA《エー》を選《えら》んでたんだけど、こうなったらしょうがない。細心《さいしん》の注意《ちゅうい》をはらって、うつぶせで進《すす》む。

――**第二《だい》トラップ突破《とっぱ》**だ。気《き》をつけろよ。パイプに触《ふ》れたら**終《お》わり**だ、――

――N《エヌ》の判断《はんだん》は正《ただ》しかったわ。さっきのドアを開《あ》けていたら、猛毒《もうどく》ガスに襲《おそ》われていたわ。きっと、世界警察《せかいけいさつ》を警戒《けいかい》して、直前《ちょくぜん》にセキュリティ内容《ないよう》をいくつか変更《へんこう》したのね――

冷《ひ》や汗《あせ》をふいて、第三《だい》の部屋《へや》を天井《てんじょう》ごしに通《とお》りすぎた。

――**第三《だい》トラップ突破《とっぱ》**だ――

レオの声《こえ》を聞《き》いて、ほっとする。

でも、タイムリミットは、**のこり四分《ぷん》**だ。ちょっと急《いそ》がないと！

――次《つぎ》が最後《さいご》の、**第四《だい》トラップ**だ。あと五メートル進《すす》んだら降《お》りろ。この先《さき》は、正規《せいき》ルートのプランA《エー》じゃなければ、たどりつけない――

あたしは、配管《はいかん》のない部分《ぶぶん》に穴《あな》をあけて、なかを見下《みお》ろした。

「うそ」

部屋《へや》に、**水《みず》が満《み》ちていたんだ。**

「L《エル》、部屋《へや》がプールみたいになってる！」

水《みず》は天井《てんじょう》に届《とど》きそうなほど満《み》ちていて、いまも増《ふ》えつづけている。

—ここのトラップは、**猛毒植物《もうどくしょくぶつ》と猛獣《もうじゅう》のはずだったろ……**—

—さっきのレーザーに触《ふ》れたせいね。セキュリティが格段《かくだん》に上《あ》がっているわ—

「L《エル》、いまかぶってるバーバルの顔《かお》マスクがぬれるけど、いいよね」

—ああ、帰《かえ》りのことは、おれにまかせろ！—

あたしは思《おも》いっきり空気《くうき》をすいこむと、**水《みず》のなかに飛《と》びこんだ。**

周《まわ》りには猛毒《もうどく》をもった植物《しょくぶつ》がたゆたっている。

猛獣《もうじゅう》は、きっと移動《いどう》させられたんだ。

こんなにも厳重《げんじゅう》に守《まも》られているなんて、アースボールは**本当《ほんとう》に危険《きけん》**なんだ。

猛毒《もうどく》の植物《しょくぶつ》に触《ふ》れないように気《き》をつけながら、最奥《さいおう》の銀《ぎん》の扉《とびら》へ泳《およ》いでいく。

あたしの顔《かお》についたニセモノの皮《ひ》ふが、植物《しょくぶつ》の毒《どく》のまざった水《みず》から、あたしを守《まも》ってくれる。

でも、その皮《ひ》ふも、だんだんふやけてきた。

—ドアのロックを、**解除《かいじょ》**したわ—

金庫《きんこ》のような取《と》っ手《て》のついたドアから、カチリと音《おと》がした。
その取《と》っ手《て》を回《まわ》して、思《おも》いっきり開《ひら》けば――
教室《きょうしつ》くらいの広《ひろ》さの、**北《きた》の最奥《さいおう》の研究室《けんきゅうしつ》**があった。
ここに、アースボールがあるんだ！
水《みず》は、この部屋《へや》に入《はい》る前《まえ》に、流《なが》れ出《で》ていく仕組《しく》みだ。
「「「「**何者《なにもの》だ！**」」」」
が、ガ、ガ、ガスマスクをした五人《にん》の研究員《けんきゅういん》が、銃《じゅう》をかまえていた。
きっと、セキュリティレベルが上《あ》がったから、侵入者《しんにゅうしゃ》に警戒《けいかい》していたんだ。
いまのままじゃ、睡眠《すいみん》ガスは使《つか》えない。
研究室《けんきゅうしつ》の中央《ちゅうおう》には、銀《ぎん》の台《だい》がある。そこに、ういているのは。
手《て》のひらサイズの緑色《みどりいろ》の地球《ちきゅう》、**アースボール**だ。
警備員《けいびいん》が来《く》るまでのタイムリミットは、**のこり一分《ぷん》**。
一人《ひとり》三秒《びょう》でかたをつける。
あたしは、首元《くびもと》のチョーカーをなぞった。
「**モード：ALL《オール》**」

パンッ　パンッ　雨《あめ》のようにおそいくる銃弾《じゅうだん》をよけながら。

あたしもガスマスクをつけた。

敵《てき》の動《うご》きを見《み》て、先《さき》を読《よ》んで、全員《ぜんいん》のガスマスクを蹴《け》りとばした。

「おやすみ！」

最強《さいきょう》の睡眠《すいみん》ガスのビー玉《だま》みたいな**『おやすみん』**を投《な》げた。

ひと息《いき》すいこむだけで、三時間《じかん》は目覚《めざ》めない。

研究者《けんきゅうしゃ》たちがバタッと倒《たお》れたのを確認《かくにん》して、あたしは中央《ちゅうおう》の台《だい》にかけよった。

――警備員《けいびいん》が来《く》るまで、**のこり三〇秒《びょう》だ！**――

「わかった」

あたしは、宙《ちゅう》に浮《う》くアースボールをつかんだ。

でも、どれだけ全力《ぜんりょく》をこめても、びくともしない。

台《だい》のモニター画面《がめん》には、

【パスワードを入力《にゅうりょく》してください】って表示《ひょうじ》されてる。

――一回《かい》でもまちがえたら終《お》わりね。この場合《ばあい》は――Ｒｅ：Ｓｔａｒｔ《リスタート》が大事《だいじ》にしているものがパスワードの可能性《かのうせい》が高《たか》いわ！――

――中央《ちゅうおう》の広場《ひろば》から、警備員《けいびいん》がやってくるまであと**のこり一五秒《びょう》**。かなり近《ちか》づいてるぞ！――

一条《いちじょう》の声《こえ》に、ドクドクと心臓《しんぞう》の音《おと》が大《おお》きくなっていく。

Re《リ》：S《ス》t《タ》a《ー》r《ト》tが大切《たいせつ》にしているもの……なんだろう。

――N《エヌ》、わかった！　**ダアト**だ！――

【はじまりの光《ダアト》】！　レオの言葉《ことば》を打《う》ち込《こ》めば。

ピッという音《おと》とともに、モニターに**【解除《かいじょ》】**という文字《もじ》がならんだ。

「よっしゃ！」

あたしは、アースボールをつかんだ。

◆

二三時《じ》五〇分《ぷん》。

北《きた》の最奥《さいおう》の研究室《けんきゅうしつ》にやって来《き》た警備員《けいびいん》が、叫《さけ》んだ。

「ア、アースボールがない！」

「どこにいったんだ!?」

8. イェールの限界《げんかい》

夜《よる》の深《ふか》まった、シンガポールでは。

ライトアップされたマリーナベイ・サンズという高級《こうきゅう》ホテルがかがやき。

船《ふね》がこぼす宝石《ほうせき》のような光《ひかり》をうけて、空《そら》も海《うみ》もきらめいていた。

「イー。顔色悪《かおいろわる》いぜ、大丈夫《だいじょうぶ》か？」

「大丈夫《だいじょうぶ》だ」

いくつもの貨物船《かもつせん》で交渉《こうしょう》を終《お》えた、ジャックとイェールは。

港《みなと》の観光《かんこう》スポットである、マーライオン公園《こうえん》のそばで情報収集《じょうほうしゅうしゅう》などをしていた。

公園《こうえん》の前《まえ》に広《ひろ》がるマリーナ湾《わん》という大《おお》きなため池《いけ》が、巨大《きょだい》なホテルを、水面《すいめん》に映《うつ》していた。

「計画《けいかく》の準備《じゅんび》も、ほぼ終《お》わったな！　これであとは、逃《に》げきるだけだぜ」

とめていたバイクへ歩《ある》いていたとき、サッと周囲《しゅうい》を確認《かくにん》したジャックは、無線《むせん》で言《い》った。

――イー、やばい。ついにＲｅ《リ》：Ｓｔａｒｔ《スタート》に見《み》つかった。ここは逃《に》げるぞ――

互《たが》いに視線《しせん》を交《か》わすと、二人《ふたり》は、別々《べつべつ》の道《みち》を走《はし》り出《だ》した。

背後《はいご》から追《お》いかけてくる足音《あしおと》は、どんどん増《ふ》えていく。

夜闇《よやみ》にまぎれて、人通《ひとどお》りの少《すく》ない道《みち》を進《すす》んだイエールが角《かど》を曲《ま》がると、ウロボロスマークをつけたRe：Start《リスタート》が待《ま》ち受《う》けていた。

「イー、**乗《の》れ！**」

ヴヴヴンッ　バイクに乗《の》ったジャックが、敵《てき》の間《あいだ》に飛《と》び込《こ》んだ。

イエールが、その後《うし》ろに飛《と》び乗《の》る。

「決《き》めた、**今夜《こんや》はピザパーティーをする！**　だから、**絶対《ぜったい》に逃《に》げ切《き》るぜ！**」

ジャックがバックミラーごしにウィンクをすれば、イエールも口《くち》のはしを上《あ》げる。

バイクに乗《の》った二人《ふたり》は、敵《てき》の間《あいだ》を駆《か》けぬけた。

敵《てき》の**銃弾《じゅうだん》**が、ジャックとバイクを狙《ねら》い。

マーライオン公園《こうえん》を走《はし》るバイクと銃弾《じゅうだん》に、観光客《かんこうきゃく》たちがあわてて道《みち》を空《あ》ける。

――**イエール・Y《ワイ》・ガブリエル！**　大人《おとな》しく捕《つか》まりなさい。さもなければ**実力《じつりょく》を行使《こうし》します**――

Re：Start《リスタート》のメンバーが、**白《しろ》い杯《さかずき》**のようなものをとりだした。

「あれは――**BS《ビーエス》の遺産《いさん》**だ」

緊張《きんちょう》した声《こえ》をこぼしたイエールは、ジャックにまわした腕《うで》に力《ちから》をこめる。

「大丈夫《だいじょうぶ》だ、イー。**お前《まえ》は絶対《ぜったい》にわたさない**」

ジャックの目前《もくぜん》には、マーライオンの真横《まよこ》の、海《うみ》につづく細《ほそ》い道《みち》がのびている。

その先《さき》に、観光客《かんこうきゃく》を乗《の》せた遊覧船《ゆうらんせん》が、白波《しらなみ》をたてていた。

「ちゃーんとつかまってろよ！」

ヴンッ　猛《もう》スピードで進《すす》んだバイクが、宙《ちゅう》を舞《ま》う。

——**銀《ぎん》のBS《ビーエス》の能力《のうりょく》を、強制的《きょうせいてき》に使用《しよう》させる！**——

その背後《はいご》で、Re：Start《リスタート》のメンバーが、杯《さかずき》をかかげた。

——BS《ビーエス》の遺産《いさん》である【追憶《ついおく》の杯《さかずき》】を行使《こうし》します！　記憶《きおく》を司《つかさど》るイエソドよ、【Blessed《ブレシド》 Stone《ストーン》】**の役割《やくわり》を果《は》たせ！　【モード：MEMORY《メモリー》】！**——

世界《せかい》が、瞬《また》き。

イエールの頭《あたま》の中《なか》に、大波《おおなみ》のように記憶《きおく》があふれた。

「うっ……」

イエールは顔《かお》をゆがめて、それでも、ジャックにしがみついた。

けれど——

ドンッ バイクが遊覧船《ゆうらんせん》に着地《ちゃくち》した、と同時《どうじ》に。

イエールの手《て》が、**はなれた**。

真《ま》っ青《さお》な顔《かお》のイエールが、海《うみ》に落《お》ちそうになった瞬間《しゅんかん》。

小型《こがた》ジェット船《せん》に乗《の》った、Ｒｅ：Ｓｔａｒｔ《リスタート》のメンバーが、イエールをさらった。

目《め》を見開《みひら》くジャックに、イエールは、かすれた声《こえ》で言《い》った。

「**来《く》るな**」

――ターゲットを**確保《かくほ》**しました。能力《のうりょく》の限界値《げんかいち》に達《たっ》したもよう。ただちに治療《ちりょう》を行《おこな》います――

気《き》を失《うしな》ったイエールの口《くち》から、血《ち》があふれるのを見《み》たジャックは。

「イー！」

バイクを捨《す》てて、イエールのいるジェット船《せん》に飛《と》び込《こ》もうとした。でも。

カチャッ 無数《むすう》の銃口《じゅうこう》が、ジャックを向《む》く。

――一歩《いっぽ》でも動《うご》いたら、**撃《う》ちます**――

イエールは、酸素《さんそ》マスクをつけられて、船《ふね》のなかに運《はこ》ばれていった。

ジェット船《せん》が、少《すこ》しずつ遠《とお》ざかっていく。まだ、銃《じゅう》は向《む》けられたまま。

もう手《て》の届《とど》かないところまで行《い》ってしまった船《ふね》を見《み》て、ジャックはひざをついた。

「イー、絶対《ぜったい》に死《し》ぬなよ」

イエールの能力《のうりょく》は、**限界《げんかい》**をむかえ。

いままで封印《ふういん》してきた記憶《きおく》をときはなった。

過去《かこ》の記憶《きおく》を封《ふう》じられていた、全《すべ》ての者《もの》に。

◆

植物園《しょくぶつえん》のなか、あたしは変装《へんそう》した別人《べつじん》の顔《かお》で、髪《かみ》をなびかせて歩《ある》いていた。

アースボールは、あたしのカバンのなか。

あとはこれを植物園《しょくぶつえん》の、指定《してい》の位置《いち》に隠《かく》せばいいだけ。

そしたら、あとでプロスパイが回収《かいしゅう》してくれるんだ。

任務《ミッション》はほぼ完了《かんりょう》だ！

――ナノ、きみは、**夜《よる》の植物園《しょくぶつえん》でＲｅ《リ》：Ｓｔａｒｔ《スタート》に捕《つか》まる**――

そう言《い》ったティルの言葉《ことば》が、頭《あたま》をよぎる。

それが、Ｒｅ《リ》：Ｓｔａｒｔ《スタート》のトップの、カフが見《み》た未来《みらい》だ。

でも、いまのあたしはカンペキな変装《へんそう》をしてる。

だからきっと、Re：Start《リスタート》にも、植物園《しょくぶつえん》にいる世界警察《せかいけいさつ》にも、見《み》つからないはずだ！

そのとき――

「うっ」

突然《とつぜん》おそってきた頭痛《ずつう》に、目《め》の前《まえ》がかすむ。

ローズマリーの花壇《かだん》のかげに隠《かく》れたあたしは、頭《あたま》をおさえた。

封《ふう》をしていた、禁断《きんだん》の扉《とびら》が開《ひら》いて。

大波《おおなみ》のような記憶《きおく》が、頭《あたま》のなかを、支配《しはい》する。

何《なに》かが聞《き》こえた。波音《なみおと》、歓声《かんせい》、銃声《じゅうせい》、悲鳴《ひめい》、爆発音《ばくはつおん》。

何《なに》かが見《み》えた。白《しろ》い光《ひかり》、遺跡《いせき》、エメラルド色《いろ》に、あい色《いろ》。

何《なに》かが香《かお》った。海《うみ》の香《かお》り、パンの香《かお》り、硝煙《しょうえん》の臭《にお》い、血《ち》の臭《にお》い。

何《なに》かを感《かん》じた。だきしめられるあたたかさ、風《かぜ》の冷《つめ》たさ。

音《おと》、光景《こうけい》、香《かお》り、感触《かんしょく》、あたしは全《すべ》てを知《し》ってる。

八年前《ねんまえ》の全《すべ》てを。いまあたしは思《おも》い出《だ》すんだ。

あたしは、純白《じゅんぱく》の光《ひかり》につつまれた。

STAGE Ⅳ

1. あの日《ひ》のはじまり

八年前《ねんまえ》。


たて長《なが》の六角形《ろっかっけい》の島《しま》は、白《しろ》くかがやいていた。

サンゴの欠片《かけら》でできた砂浜《すなはま》は、波《なみ》がうちよせるたびにオルゴールのようにうたをかなで。

その音《おと》はモールス信号《しんごう》のようにも聞《き》こえた。

島《しま》には、大理石《だいりせき》の古代遺跡《こだいいせき》がたちならび、昔《むかし》、ここに都市《とし》があった歴史《れきし》を感《かん》じさせる。

「ナノ、ここがエメラルド島《とう》だよ。今日《きょう》は、お父《とう》さんのように石《いし》を守《まも》る人《ひと》たちや、それに関係《かんけい》している人《ひと》たちがたくさん集《あつ》まってるんだ」

お父《とう》さんのセフィロが、あたしを船《ふね》から降《お》ろしながら言《い》った。

その首《くび》には、たて長《なが》の六角形《ろっかっけい》のエメラルドのついた首飾《くびかざ》りがかかっていて。

大《おお》きなカバンには、何《なに》かがいっぱいつまっていた。

白《しろ》い砂浜《すなはま》をすこし進《すす》めば、地面《じめん》が石《いし》だたみにかわって、崩《くず》れかけた遺跡《いせき》の古都《こと》が広《ひろ》がっていた。

見《み》わたす海《うみ》はどこまでもすきとおり、まるでエメラルドが海底《かいてい》にちらばっているようだった。

「ここは、**私《わたし》たちの先祖《せんぞ》が、ずっと昔《むかし》に住《す》んでいた場所《ばしょ》**なんだよ。いまは半分《はんぶん》ほどが水《みず》にしずんでしまっているけどね。崩《くず》れやすいから、あまり近《ちか》づいたらだめだよ」

はーいと手《て》をあげたあたしは、水《みず》にしずんでいる階段《かいだん》に近《ちか》づいた。

いまは魚《さかな》たちのすみかになっていて、透明《とうめい》な水《みず》のなかで、魚《さかな》のうろこがキラキラかがやいてる。

きれいだなぁ。魚《さかな》に手《て》をのばせば、そのまま、頭《あたま》から水《みず》につっこみそうになった。

「ナノ！　あっぶないなぁ、落《お》っこちるぞ！」

「あ、**ゼイン**だ！　いつものあれやって！」

あきれながらも、ぐるぐる回《まわ》してくれるゼインは、**お母《かあ》さんの弟《おとうと》**で、**あたしのおじさん**なんだ。

今日《きょう》はなんだか黒《くろ》くてかたそうな服装《ふくそう》をしていて、いつもと雰囲気《ふんいき》がちがう。

「ゼイン、持《も》ち場《ば》をはなれていいの？」

お母《かあ》さんの**ナナ**が、ちょっと怒《おこ》って言《い》った。

「かわいいめいっ子《こ》に会《あ》うために、ちょっとはなれただけだって。もうもどる」

ゼインはあたしの頭《あたま》をぐしゃぐしゃにかき混《ま》ぜると、またな、と言《い》って本当《ほんとう》に行《い》ってしまった。

「もっと遊《あそ》んでほしかった！」

あたしが口《くち》をとがらせると、お母《かあ》さんがニヤッと笑《わら》った。

「あとで、**セオくん**が来《く》るよ」

「やったー！　でも、なんであたしの誕生日《たんじょうび》に、みんなが集《あつ》まるの？」

「ここで、三〇〇年《ねん》に一度《ど》の、**会合《かいごう》**っていう話《はな》し合《あ》いをするからだよ」

お父《とう》さんがカバンをわきによせてかがむと、あたしの目《め》を見《み》た。

「遠《とお》い昔《むかし》に、**私《わたし》たちの先祖《せんぞ》が【はじまりの光《ひかり》】**と**約束《やくそく》をした**から会合《かいごう》をすることになったんだよ」

「**【はじまりの光《ひかり》】**って、寝《ね》るときによく話《はな》してくれる、**世界《せかい》をつくった光《ひかり》**のこと？」

「そうだよ。私《わたし》は、大昔《おおむかし》にエメラルドの先祖《せんぞ》が約《やく》束《そく》したとおりのことをするんだ。その方法《ほうほう》を示《しめ》した記録《きろく》は、遠《とお》い昔《むかし》に消《け》されてしまっていたけれど、**お父《とう》さんはつきとめたんだよ**」

　お父《とう》さんは、うれしそうにほほ笑《え》んだ。

「その方法《ほうほう》をつかえば、**安全《あんぜん》に、世界《せかい》もみんなも守《まも》ることができる**んだ。それから、お父《とう》さんはある人《ひと》に会《あ》わなければならないんだ。だから、今日《きょう》ここに来《き》たんだよ」

「ふぇー。ねえねえ、あたしも話《はな》し合《あ》いに参加《さんか》したい！」

「ナノ、会合《かいごう》に参加《さんか》できるのは、**石《いし》を守《まも》ってる人《ひと》だけ**なのよ。他《ほか》の人《ひと》は、神殿《しんでん》には入《はい》れないの」

　お母《かあ》さんは、あたしのほっぺをフニフニして、参加《さんか》しない方《ほう》がいいのよって眉《まゆ》を下《さ》げた。

　白《しろ》い遺跡《いせき》に陽光《ようこう》が反射《はんしゃ》して、辺《あた》りを白《しろ》い光《ひかり》で満《み》たす。

　まぶしいほどの光《ひかり》にあふれた砂浜《すなはま》で、お父《とう》さんは言《い》った。

「ナノ、前《まえ》に話《はな》した**【ヴィーナスの詩《うた》】**のことを覚《おぼ》えているかい？　約束《やくそく》だ。あの詩《うた》は、本当《ほんとう》に必要《ひつよう》だと思《おも》ったときだけ、うたうんだ」

　うなずいたあたしの頭《あたま》を、お父《とう》さんがやさしくなでてくれる。

　そのとき、どなりながら、男《おとこ》が近《ちか》づいてきた。

お父《とう》さんのいとこの、緑《みどり》の髪《かみ》の**ソロン**だ。あたしはこの人《ひと》が苦手《にがて》だ。いつも冷《つめ》たいもん。

いきなり、ソロンが、お父《とう》さんの胸元《むなもと》をつかんだ。

「**会合《かいごう》に行《い》くのは止《や》めろ。**私《わたし》は、反対《はんたい》だ。エメラルドのBS《ビーエス》が、世界《せかい》を終《お》わらせるんだ。それが、お前《まえ》の宿命《しゅくめい》だ。だから、私《わたし》はお前《まえ》を絶対《ぜったい》にゆるさない」

そう言《い》ったソロンの目《め》は、ヘビみたいにするどかった。

「**特殊任務部隊《とくしゅにんむぶたい》で、たくさんの仲間《なかま》が犠牲《ぎせい》になった！**　そうして集《あつ》めた暗号《あんごう》は、この島《しま》に来《く》るための鍵《かぎ》だったってわけだ。BS《ビーエス》の研究者《けんきゅうしゃ》のお前《まえ》は、全《すべ》てを知《し》ったうえで、ここに来《き》たんだろ」

お父《とう》さんは、悲《かな》しそうな表情《かお》で、ソロンを見《み》る。

「**お前《まえ》は何《なに》を考《かんが》えてるんだ。**会合《かいごう》に参加《さんか》すれば、三〇〇年前《ねんまえ》と同《おな》じことがくり返《かえ》されるだけだ。七年《ねん》、いや八年後《ねんご》、この島《しま》に再《ふたた》び集《あつ》められるBS《ビーエス》は、皆《みな》、きっと命《いのち》を落《お》とす。特殊任務部隊《とくしゅにんむぶたい》なんてなければ、**あいつ**は死《し》ぬこともなく、**自分《じぶん》の息子《むすこ》のセオに会《あ》えてたんだ**」

お父《とう》さんから手《て》をはなしたソロンは、そう吐《は》き捨《す》てて去《さ》っていった。

その迫力《はくりょく》に、気《き》づいたらふるえていたあたしを、お母《かあ》さんがだきしめてくれた。

「ナノ、大丈夫《だいじょうぶ》。ソロンは心《こころ》に正義《せいぎ》をもってる人《ひと》だから、安心《あんしん》していいよ、怖《こわ》くないよ」

お母《かあ》さんの口《くち》ぐせは「心《こころ》に正義《せいぎ》をもっていれば大丈夫《だいじょうぶ》」だ。それを聞《き》くといつも安心《あんしん》できる。

「ナノー！」

「あ！　セオ！」

タッタッと走《はし》ってきたセオに、あたしはピョンピョンとびはねて、いきおいよくだきついた。

「ふふ、あなたたち、赤《あか》ちゃんのときから本当《ほんとう》に仲良《なかよ》しね」

セオの後《うし》ろからやって来《き》た、あい色《いろ》の髪《かみ》をしたセオのお母《かあ》さんの、レサがほほ笑《え》んだ。

あたしのお母《かあ》さんのナナと、セオのお母《かあ》さんのレサは、同《おな》じ学園《がくえん》に通《かよ》ってて、初等部《しょとうぶ》のときからの幼《おさな》なじみで、大親友《だいしんゆう》なんだって。あたしもその学園《がくえん》に通《かよ》うって、セオと約束《やくそく》してるの。

あたしとセオは、〇歳《さい》のときから、毎月《まいつき》、家族《かぞく》ぐるみで遊《あそ》んだり、旅行《りょこう》をしたりしてるんだ。

「じゃあ、会合《かいごう》に行《い》ってくる。必《かなら》ずもどるよ」

そう言《い》ったお父《とう》さんは、真剣《しんけん》な表情《ひょうじょう》で、あたしとお母《かあ》さんをだきしめた。

「ナナ、セオをよろしくね。セオ、またあとでね」

セオのお母《かあ》さんのレサも、セオをだきしめると、お父《とう》さんと一緒《いっしょ》に歩《ある》いていった。

レサの服装《ふくそう》が、ゼインと同《おな》じ、黒《くろ》くてかたそうな服《ふく》だったのが、不思議《ふしぎ》だった。

「レサおばさんのサファイア、きれいだったね」

「でしょ！　おれ、いつか、あのサファイアをもらえるかもしれないんだ」

「あたしもだよ！」

エメラルドをつけるための、**黒《くろ》いチョーカー**だって、もう用意《ようい》してもらったんだ。

「待《ま》ってるあいだに、ごはんを食《た》べるわよ」

お母《かあ》さんが、浜辺《はまべ》で昼《ひる》ごはんの用意《ようい》をはじめた。

「それから、かわいいちびスパイたちに**警告《けいこく》**しておくわよ。絶対《ぜったい》にわたしのそばをはなれないでね」

お母《かあ》さんの言葉《ことば》にうなずきながら。

あたしは、セオと目《め》を合《あ》わせて。

「「スパイごっこしよ」」

ニヤッと笑《わら》って、同時《どうじ》に言《い》った。

「今日《きょう》の**コードネーム**は、何《なに》にする？」

「コードネームをつくっても、結局《けっきょく》いつもナノは、セオって、おれの本当《ほんとう》の名前《なまえ》を呼《よ》ぶじゃん。**ミイラニンジャ**も、**ゴーストエイリアン**も、**ハッピーモアイ**も、七分《ふん》経《た》てば忘《わす》れてるし」

「たしかに！　だって覚《おぼ》えにくかったもん」

「全部《ぜんぶ》、ナノがつけたんだけどね。あ、じゃあさ、似《に》てる名前《なまえ》にすればいいんじゃない？」

セオが、CEO《セオ》と、自分《じぶん》の名前《なまえ》を砂浜《すなはま》に書《か》いた。

あたしはあごに手《て》をあてて、う〜んとうなる。

最大《さいだい》のひらめきがふってくるのを待《ま》ちながら、ジッとその文字《もじ》をながめた。

「わかった！　Cを《シー》L《エル》に変《か》えて、LEO《レオ》なんてどう？　これなら呼《よ》びやすいかも！」

セオは、ぱぁっと顔《かお》をかがやかせて、うれしそうに笑《わら》った。

「うん！　それ好《す》きだ。おれ、**レオ**がいい！」

「やった！　レオならあたしも覚《おぼ》えれる！　あ、あたしのことは**エイリー・アーン**って呼《よ》んでね！」

「うーん……わかった」

手《て》をつないだあたしたちは、白《しろ》い砂浜《すなはま》に、メッセージを書《か》いた。

【ぼうけんしてくる　レオ＆エイリー・アーン】

日《ひ》がのぼりきらないころ。

あたしはレオといっしょに、こっそり冒険《ぼうけん》に出《で》かけた。

「『スパイはバレたらおわりだよ！』」

2. 先代《せんだい》のBS《ビーエス》の会合《かいごう》

ナノの父《ちち》であり、エメラルドのBS《ビーエス》である、セフィロがたどりついたのは。

島《しま》の北側《きたがわ》にある、**たて長《なが》の六角形《ろっかっけい》の神殿《しんでん》**だった。

鏡《かがみ》ばりの柱《はしら》のならぶ神殿《しんでん》は、不思議《ふしぎ》なほど暗《くら》く、なかを見《み》ることはできない。

その神殿《しんでん》の前《まえ》には、セフィロをふくめて、**一〇人《にん》のBS《ビーエス》**が集《つど》っていた。

「わたしは、会合《かいごう》をとりしきる真珠《しんじゅ》のBS《ビーエス》です。いまから、みなさまに会合《かいごう》の説明《せつめい》をいたします」

たて長《なが》の六角形《ろっかっけい》の真珠《しんじゅ》を持《も》った男《おとこ》が、神殿《しんでん》の入《い》り口《ぐち》に立《た》った。

「我々《われわれ》は、**【Blessed《ブレシド》 Stone《ストーン》】**に選《えら》ばれたBS《ビーエス》です。**BS《ビーエス》は三〇〇年《ねん》に一度《ど》、世界《せかい》を導《みちび》くための会合《かいごう》**を行《おこな》います」

真珠《しんじゅ》のBS《ビーエス》は、九人《にん》のBS《ビーエス》を見《み》つめた。

「太陽《たいよう》が真上《まうえ》にのぼったとき、我々《われわれ》はこの神殿《しんでん》に入《はい》り、**世界《せかい》を終《お》わらせるか、終《お》わらせないか**を多数決《たすうけつ》で決《き》めます」

わかりきっているという表情《ひょうじょう》をした者《もの》や、きょとんとしている者《もの》など、反応《はんのう》はそれぞれだった。

「そして、その結果《けっか》を、**エメラルドのBS《ビーエス》が神殿《しんでん》の最奥《さいおう》で、宣言《せんげん》するのです**」

真珠《しんじゅ》のBS《ビーエス》は、神殿《しんでん》に手《て》を向《む》けた。

「それでは、みなさま、神殿《しんでん》にお入《はい》りください」

そのとき、ダイアモンドのBS《ビーエス》が手《て》をあげた。

「先《さき》に、世界《せかい》を終《お》わらせるか、終《お》わらせないか、**皆《みな》の意見《いけん》を聞《き》きたい**」

人《ひと》をしたがわせることに、なれた者《もの》の声《こえ》だった。

真珠《しんじゅ》のBS《ビーエス》が、顔《かお》をしかめるのも気《き》にせず、ダイアモンドのBS《ビーエス》は、皆《みな》にたずねた。

「それでは、**世界《せかい》を終《お》わらせるべき**と考《かんが》える者《もの》」

ダイアモンドをふくめて、**三名《めい》**が、世界《せかい》を終《お》わらせることを望《のぞ》み、手《て》をあげた。

ダイアモンド、銀《ぎん》、クリスタルのBS《ビーエス》たちだ。

「私《わたし》は、**世界《せかい》を終《お》わらせない**と考《かんが》える」

エメラルドのBS《ビーエス》であるセフィロが、そう言《い》って手《て》をあげた。

他《ほか》の六名《めい》、合《あ》わせて**七名《めい》**が、世界《せかい》を終《お》わらせないことを望《のぞ》んで、手《て》をあげた。

「結果《けっか》は決《き》まった。エメラルドのBS《ビーエス》である私《わたし》が、【はじまりの光《ひかり》】に宣言《せんげん》しよう」

そうセフィロが言《い》った瞬間《しゅんかん》——

「モード：CHAIN《チェイン》　反対《はんたい》する者《もの》よ、俺《おれ》のしもべになれ」

ウロボロスマークのバッジをつけた、クリスタルのBS《ビーエス》が高《たか》らかに叫《さけ》んだ。

周《まわ》りのBS《ビーエス》が、息《いき》をのむよりも早《はや》く。

「End Time《エンドタイム》」

セフィロは、エメラルドをなぞって、クリスタルの能力《のうりょく》を打《う》ち消《け》した。

「やはり、エメラルドのBS《ビーエス》は、いまいましい」

セフィロをにらんだ、ダイアモンドとクリスタルのBS《ビーエス》は、うなずき合《あ》った。

「**計画《けいかく》を実行《じっこう》する！**　世界《せかい》を終《お》わらせないと言《い》ったお前《まえ》たちには、**死《し》んでもらう**」

ダイアモンドのBS《ビーエス》の声《こえ》と同時《どうじ》に。

周《まわ》りに、銃《じゅう》をかまえた【蛇《へび》】の武装集団《ぶそうしゅうだん》が現《あらわ》れた。

「三〇〇年《ねん》に一度《ど》ひらかれる会合《かいごう》には、チャンスが二回《かい》ある。一回目《かいめ》は、**この会合《かいごう》だ**」

【蛇《へび》】の銃口《じゅうこう》は、セフィロたちを向《む》いている。

「その会合《かいごう》で、一〇人《にん》のBS《ビーエス》がそろわなかったり、宣言《せんげん》をしなかった場合《ばあい》、**失敗《しっぱい》**になる」

ダイアモンドのBS《ビーエス》は、堂々《どうどう》と話《はなし》をつづける。

「もし、一回目《かいめ》の会合《かいごう》が失敗《しっぱい》した場合《ばあい》、数年後《すうねんご》に二回目《かいめ》の会合《かいごう》がひらかれる」

青《あお》ざめる七人《にん》のＢＳ《ビーエス》たち。

「私《わたし》は気《き》づいたんだ。**わざと、会合《かいごう》を失敗《しっぱい》させればよいと**」

ダイアモンドのＢＳ《ビーエス》が、ゆっくりと手《て》を上《あ》げ。

銃弾《じゅうだん》がはなたれた。

「そして**新《あら》たなＢＳ《ビーエス》をつかまえて、記憶《きおく》を消《け》して、**二回目《かいめ》の会合《かいごう》で『**世界《せかい》を終《お》わらせる**』と言《い》わ**せれば良《よ》いとな**」

神殿《しんでん》の前《まえ》で、銃撃《じゅうげき》を受《う》けた者《もの》や、まぬがれた者《もの》たちが、戦《たたか》うため、逃《に》げるために走《はし》り出《だ》す。

「昔《むかし》から、我々《われわれ》がしたがわせてきた、銀《ぎん》のＢＳ《ビーエス》の家系《かけい》のように、**皆《みな》を大事《だいじ》に育《そだ》ててやろう**」

Ｒｅ：Ｓｔａｒｔ《リスタート》のトップの、ダイアモンドのＢＳ《ビーエス》と。

【蛇《へび》】のトップの、クリスタルのＢＳ《ビーエス》は笑《わら》った。

「今回《こんかい》の会合《かいごう》は失敗《しっぱい》だ！　皆《みな》のもの計画《けいかく》にうつれ！　いまより、**ＢＳ《ビーエス》を殺《あや》め、その後継者《こうけいしゃ》になりうる子《こ》どもたちを捕《つか》まえろ！**」

ダイアモンドのＢＳ《ビーエス》の声《こえ》がひびき、純白《じゅんぱく》のエメラルド島《とう》は、赤《あか》に染《そ》まった。

混乱《こんらん》と混《こん》とんのなか。

ダイアモンドのBS《ビーエス》は、数年後《すうねんご》に、息子《むすこ》のカフとともに、Re:Start《リスタート》が世界《せかい》を終《お》わらせられることに胸《むね》をおどらせ。

ターコイズのBS《ビーエス》は、島《しま》につれて来《こ》なかった、息子《むすこ》のコフィンの安全《あんぜん》を願《ねが》い。

真珠《しんじゅ》のBS《ビーエス》は、公平《こうへい》な会合《かいごう》でないことに怒《いか》り、キプロス島《とう》にいるビィを思《おも》い。

サファイアのBS《ビーエス》は、息子《むすこ》のセオが逃《に》げ切《き》り、生《い》きのびることを願《ねが》い。

ルビーのBS《ビーエス》の、何《なに》も知《し》らない独《ひと》り身《み》の彼《かれ》は、不思議《ふしぎ》な力《ちから》をだれかがひき継《つ》ぐことに安心《あんしん》し。

すでにBS《ビーエス》であるティルと、双子《ふたご》のルシィルを、森《もり》の奥《おく》へ走《はし》らせた父親《ちちおや》は、命《いのち》つき。

エメラルドのBS《ビーエス》は、ナノとナナのことを思《おも》いながら、ある人物《じんぶつ》に会《あ》い、使命《しめい》をまっとうした。

水銀《すいぎん》のBS《ビーエス》は、息子《むすこ》の冬鷹《ふゆたか》と、孫《まご》の春鷹《はるたか》を逃《に》がし、次《つぎ》の世代《せだい》のために敵《てき》と戦《たたか》い。

銀《ぎん》のBS《ビーエス》は、混乱《こんらん》にじょうじて、息子《むすこ》のイエールとともに逃《に》げ出《だ》した。

クリスタルのBS《ビーエス》は、【蛇《へび》】をつかって、娘《むすめ》のメイスとともに、Re:Start《リスタート》と協力《きょうりょく》し、計画《けいかく》を実行《じっこう》していった。

それぞれの家系《かけい》のBS《ビーエス》が、それぞれの思惑《おもわく》で命《いのち》をかけて。

次《つぎ》の世代《せだい》を守《まも》り、逃《に》がし、追《お》い、戦《たたか》った。

3. 選《えら》ばれた者《もの》たち

「でね、エイリアンが、宇宙時間《うちゅうじかん》をこえて、助《たす》けに来《き》てくれるの！」

水《みず》にしずむ遺跡《いせき》や、おどろおどろしい森《もり》を探検《たんけん》していたとき。

なにかが爆発《ばくはつ》する音《おと》と、たくさんの悲鳴《ひめい》が、遠《とお》くから聞《き》こえた。

あたしはレオと目《め》を合《あ》わせた。

「ナノ、なんだか危《あぶ》なそうだから、**もとの場所《ばしょ》にもどろう！**」

もうあたしの本名《ほんみょう》を言《い》ったレオ。今回《こんかい》は、あたしの方《ほう》が、ちゃんとコードネームを呼《よ》んでるぞ！

あたしには、最初《さいしょ》にいた場所《ばしょ》がわからなかったけど、レオはわかるみたいだ。

なんとなく走《はし》り出《だ》したあたしの手《て》をにぎって、こっちだよ、とあきれながら前《まえ》を走《はし》ってくれた。

周《まわ》りに人《ひと》が増《ふ》えてきた。みんな、何《なに》かから逃《に》げてるみたいだった。

そのとき――頭《あたま》のなかで、声《こえ》が聞《き》こえた。

∴ あなたが、持《も》ち主《ぬし》に選《えら》ばれた ∴

そして、**するどい**熱《ねつ》が、身体《からだ》をかけめぐった。

「え、なに⁉」

全身《ぜんしん》にこもった力《ちから》がぬけなくて。

耳《みみ》や、眼《め》や、感覚《かんかく》のすべてが、おかしくなった。

耳《みみ》に世界《せかい》の全《すべ》ての音《おと》が集《あつ》まってるみたいにうるさくて、眼《め》は、どんな遠《とお》くのものも映《うつ》していく。

すれちがう人《ひと》とぶつかった肩《かた》の感触《かんしょく》が、通《とお》りすぎる風《かぜ》の冷《つめ》たさが、いつまでものこっていて。

自分《じぶん》の身体《からだ》なのに、なにも、制御《せいぎょ》できない。

「レオ、**おかしい**、なんか変《へん》だ」

「ナノ、大丈夫《だいじょうぶ》だ。おれがいる、だから——」

あたしの手《て》を引《ひ》くレオの手《て》。それをはなさないようにギュッとにぎる。

ドンッ
突然《とつぜん》、巨大《きょだい》な爆発音《ばくはつおん》がして、世界《せかい》が真《ま》っ白《しろ》になって——手《て》がはなれた。

「あれ？」

気《き》づけば地面《じめん》に倒《たお》れていたあたしは、**一人**《ひとり》だった。

なんとか立《た》ち上《あ》がったあたしの身体《からだ》に、二つの熱《ねつ》がめぐる。

身体中《からだじゅう》を力強《ちからづよ》くかけめぐる熱《ねつ》と、それを打《う》ち消《け》そうとするような熱《ねつ》。

お父《とう》さんが言《い》ってた。**エメラルドの石《いし》を守《まも》る人《ひと》**は、魔法《まほう》を使《つか》えるし、その魔法《まほう》を消《け》すこともできるって。もしかしたら、あたしも、**魔法使《まほうつか》い**になれたのかもしれない。

そのとき、けん騒《そう》の合間《あいま》、その音《おと》が聞《き》こえた。

トントントン　ツーツーツー　トントントン
振《ふ》り向《む》いたとき、黒紫色《くろむらさきいろ》のひとみと、**目《め》が合《あ》った**。

なぜか、少年《しょうねん》の周《まわ》りは人《ひと》が通《とお》らない。まるで、だれも少年《しょうねん》のことに気《き》づいていないみたいに。

「この音《おと》はなに？」

あたしは、手《て》を引《ひ》いてくれた少年《しょうねん》といっしょに、木《こ》かげに隠《かく》れた。

「**自分《じぶん》を守《まも》る音《おと》**だよ。いつか、**だれかが見《み》つけてくれるように**、それまで、自分《じぶん》を守《まも》る音《おと》」

少年《しょうねん》は、あたしを見《み》て泣《な》きそうな顔《かお》で笑《わら》った。

「きみが、僕《ぼく》を見《み》つけてくれたんだ。ねえ、きみの名前《なまえ》は？」

少年《しょうねん》の黒紫色《くろむらさきいろ》の目《め》を見《み》て、くちびるを開《ひら》いた。

「あたしの名前《なまえ》は、**ナノ・N《エヌ》・アニエル**だよ」

「僕《ぼく》の名前《なまえ》は、**ルシィル・ティファレト**。ねえ、なんできみは、僕《ぼく》に気《き》づけたの？」

「ん？　音《おと》がしたからだよ。それに、あははっ　ルシィル、**ぜんぜん隠《かく》れられてなかったし！**」

あたしは、ルシィルが音《おと》を刻《きざ》んでいた指《ゆび》を見《み》て、それからその眼《め》を見《み》て笑《わら》った。

「あとね、これは**秘密《ひみつ》**だよ。あたし魔法《まほう》が使《つか》えるんだ。**どんな不思議《ふしぎ》も消《け》しちゃう**、特別《とくべつ》な**魔法《まほう》！**」

「僕《ぼく》、ずっと、きみのとなりにいたい」

「ん？　じゃあさ、**また会《あ》お**、遊《あそ》ぼ。もう、友《とも》だちじゃん」

ふいに、手《て》を引《ひ》かれた。

「ナノ！　ここにいたのか！」

「**レオ！**」

「ナノ、ここは危《あぶ》ない、行《い》くぞ」

レオがあたしの手《て》を引《ひ》く。行《い》かないでってルシィルの言葉《ことば》に、あたしは手《て》をふった。

「**またね**」

前《まえ》を走《はし》る**レオ**が、もう少《すこ》しで最初《さいしょ》の浜辺《はまべ》につく、と言《い》ったとき。

目《め》の前《まえ》に現《あらわ》れたのは、**ソロン**だった。

あたしたちは、かたまった。その表情《ひょうじょう》が見《み》たこともないくらい必死《ひっし》だったから。

「ナノ、セオ！　**なんでこんな場所《ばしょ》にいるんだ！**　危《あぶ》ないだろ！」

肩《かた》で息《いき》をするソロンの首《くび》で、インフィニティマークの首飾《くびかざ》りがゆれていた。

「いま、**ナナ**と**レサ**を呼《よ》んだ。ここは危《あぶ》ない。**お前《まえ》たちはすぐに、この島《しま》から出《で》るんだ**」

「「ナノ！　セオ！」」

すぐに、お母《かあ》さんと、レオのお母《かあ》さんのレサが走《はし》ってきた。

あたしを力強《ちからづよ》くだきしめるお母《かあ》さん。なぜか、その顔《かお》は真《ま》っ白《しろ》で、目《め》は真《ま》っ赤《か》だった。

「ナナ、レサ。私《わたし》は持《も》ち場《ば》にもどって、**世界《せかい》の守護者《しゅごしゃ》**の指揮《しき》をとる。任《まか》せたぞ」

ソロンはあたしたちを見《み》て、そして、「**生《い》きて帰《かえ》れ**」と言《い》って、走《はし》っていった。

「ナノ、セオ、いますぐ船《ふね》で逃《に》げるよ！」

そう言《い》ったお母《かあ》さんとレサが、ふいに息《いき》をとめて、遺跡《いせき》のかげにあたしとレオを引《ひ》っぱった。

「すこしのあいだ、ここで静《しず》かに待《ま》ってよう」

水《みず》たまりが陽光《ようこう》を反射《はんしゃ》するそこは、白《しろ》い光《ひかり》につつまれて、あたたかかった。

「ナノ、あなたにこの**チョーカー**をあずけるわ。このエメラルドが、あなたを守《まも》ってくれる」

お母《かあ》さんが、あたしにエメラルドのチョーカーをつける。逆光《ぎゃっこう》でその表情《ひょうじょう》はよく見《み》えない。

「だから、約束《やくそく》して。**あなたも、このエメラルドを守《まも》ること**」

チョーカーのエメラルドをなぞったとき、身体《からだ》をめぐっていた不思議《ふしぎ》な熱《ねつ》が、落《お》ちついた。

「ねえ、**お父《とう》さんは？**　これ、お父《とう》さんのエメラルドでしょ？　もうあたしがもらっていいの？」

お母《かあ》さんは、眉《まゆ》を下《さ》げて、泣《な》きそうな顔《かお》で笑《わら》った。

「もう、それは**あなたのもの**だから、いいんだよ」

その声《こえ》が、どうしようもなく悲《かな》しそうで、あたしはうなずくことしかできなかった。

「セオ、あなたも、この**サファイア**を守《まも》るのよ」

腕輪《うでわ》から外《はず》したサファイアを、自分《じぶん》の小《ちい》さな手《て》にのせるレサを。

レオは、ジッと見上《みあ》げていた。

「わたしは、**あいつらを引《ひ》き止《と》める**。その間《あいだ》に逃《に》げて」

そう言《い》ったレサの服《ふく》を、レオがつかむ。

「セオ。セオ、大丈夫《だいじょうぶ》だよ、大丈夫《だいじょうぶ》だからね」

ひとみに涙《なみだ》をうかべて、レオをだきしめたレサは、それでもレオの手《て》をはずすと、ほほ笑《え》んだ。

「**世界一《せかいいち》、あなたが大事《だいじ》だよ**、セオ。……行《い》ってくる」

レサが、銃《じゅう》を両手《りょうて》でにぎると、来《き》た道《みち》を走《はし》っていった。

お母《かあ》さんは、あたしとレオをかかえて、走《はし》り出《だ》した。

風《かぜ》のように走《はし》るお母《かあ》さんの腕《うで》のなかで、周《まわ》りの光景《こうけい》を見《み》た。

なんでとなりのレオが泣《な》いているのか、なんで周《まわ》りの人《ひと》たちが怖《こわ》がって逃《に》げているのか。

よくわからなかった。

◆

近《ちか》くの島《しま》が噴火《ふんか》し、口火《くちび》を切《き》ったように悲鳴《ひめい》があがり。

地震《じしん》と噴火《ふんか》を合図《あいず》に、【蛇《へび》】が島《しま》を襲《おそ》っていった。

ターコイズ、真珠《しんじゅ》、ルビーのBS《ビーエス》が【蛇《へび》】の手《て》に落《お》ち、その命《いのち》を失《うしな》い、石《いし》は海《うみ》に流《なが》れていった。

サファイアのBS《ビーエス》のレサも、大切《たいせつ》な人《ひと》たちを守《まも》るため、命《いのち》つきた。

ゴールドのBS《ビーエス》のティルは、逃《に》げ切《き》り、その後《ご》、ルシィルがBS《ビーエス》とまちがわれてさらわれた。

エメラルドのBS《ビーエス》のセフィロは、できうる限《かぎ》りのことをしつくして、この世《よ》を去《さ》った。

水銀《すいぎん》のBS《ビーエス》は、ほこり高《たか》き忍者《にんじゃ》として、最後《さいご》まで戦《たたか》いぬき、命果《いのちは》てた。

銀《ぎん》のBS《ビーエス》は、【蛇《へび》】に捕《と》らえられた絶望《ぜつぼう》に、自《みずか》ら命《いのち》をなげうち、イエールが役目《やくめ》をひきついだ。

すべてを仕組《しく》んだダイアモンドと、クリスタルのBS《ビーエス》は。

「これからは、私《わたくし》たちの時代《じだい》です。さようなら」

と告《つ》げた息子《むすこ》のカフと、娘《むすめ》のメイスの策略《さくりゃく》によって、命《いのち》を失《うしな》った。

4. 悲劇《ひげき》の結末《けつまつ》

あたしたちをかかえたお母《かあ》さんは走《はし》った。

「ナノ、セオ、大丈夫《だいじょうぶ》よ。レサは心《こころ》に正義《せいぎ》をもってるから、絶対《ぜったい》、大丈夫《だいじょうぶ》」

背後《はいご》から、たくさんの足音《あしおと》が追《お》いかけてくる。

その音《おと》はもう、近《ちか》くまで来《き》てる。

お母《かあ》さんは、白《しろ》い岩場《いわば》のかげにある、大《おお》きな箱《はこ》の前《まえ》にやってきた。

その箱《はこ》には、インフィニティマークが描《えが》かれていた。

「これは、特別《とくべつ》な方法《ほうほう》でしか開《あ》けられないわ。仲間《なかま》が絶対《ぜったい》に助《たす》けに来《く》るから、ここで待《ま》ってて」

砂《すな》ぼこりが舞《ま》って、まわりがよく見《み》えない。

「いい？ ナノ、あなたには、あなたにしか使《つか》えない特別《とくべつ》な力《ちから》があるの」

ぼやけた視界《しかい》のなか、あたしのほおをつつむ、あったかい手《て》。その手《て》はふるえてる。

「その力《ちから》が、あなたとあなたの大切《たいせつ》な人《ひと》を守《まも》ってくれる。だからあの言葉《ことば》を忘《わす》れないで」

「行《い》っちゃうの？」

あたしのほおをつつんでいた手《て》が、はなれていかないように両手《りょうて》でつかむ。

「……ナノ、あなたは一人《ひとり》じゃない。それから――」

遠《とお》くで、悲鳴《ひめい》と爆発音《ばくはつおん》が聞《き》こえた。あたしを見《み》つめるひとみが、強《つよ》い光《ひかり》をはなった。

「黒《くろ》い蛇《へび》に気《き》をつけて」

お母《かあ》さんは、あたしたちを箱《はこ》のなかにいれた。

「ナノ、セオ、これだけは覚《おぼ》えておいて。わたしたちは、あなたたちを**心《こころ》から愛《あい》してる**」

ニッと笑《わら》ったお母《かあ》さんの目《め》じりから、涙《なみだ》があふれて、こぼれおちた。

ふたを閉《と》じるギリギリまで、あたしたちを見《み》つめる、そのひとみを見《み》て、やっとわかった。

お母《かあ》さんはいま、**お別《わか》れのあいさつ**をしてるんだって。

「待《ま》って、行《い》かないで！」

閉《と》じられたふたを、**ダンダンッ**とたたいても、開《あ》けられない。

「絶対《ぜったい》に、わたしが守《まも》る。**常《つね》に正義《せいぎ》を心《こころ》に！**」

「やだ！　行《い》かないで！　**お母《かあ》さん！**」

なんでふたが開《あ》かないの！　お母《かあ》さんが行《い》っちゃうのに！

涙《なみだ》があふれて、前《まえ》がよく見《み》えない。
遠《とお》ざかっていく足音《あしおと》のほうから、銃声《じゅうせい》が聞《き》こえた。
そして、木箱《きばこ》のすきまから、島《しま》に銀色《ぎんいろ》の光《ひかり》が灯《とも》ったのが見《み》えた。
──モード：MEMORY《メモリー》 対象《たいしょう》の者《もの》は、全《すべ》てを忘《わす》れる！──
子《こ》どもみたいな声《こえ》が、耳《みみ》にひびいて。
頭《あたま》の中《なか》にもやがかかった。
まるで、記憶《きおく》をあつい膜《まく》がつつむように。
目《め》の前《まえ》のことが、**何《なに》もわからなくなった──**
「あれ？　**ここどこ？**」
辺《あた》りは真《ま》っ暗《くら》で、あたしは箱《はこ》のなかにいるみたいだ。
あたし、なんで泣《な》いてるんだろう？
箱《はこ》の外《そと》では叫《さけ》び声《こえ》とか、爆発《ばくはつ》の音《おと》がして。
となりには、**同《おな》じ年《とし》くらいの男《おとこ》の子《こ》**が、うずくまってる。
そのとき、箱《はこ》のふたが開《ひら》いて、視界《しかい》が明《あか》るくなった。
箱《はこ》を開《あ》けただれかが、あたしと男《おとこ》の子《こ》を見《み》てる。

まぶしい光《ひかり》で、その顔《かお》はよく見《み》えない。たぶん、**男《おとこ》の人《ひと》**だ。

でも、なんでか、なつかしく感《かん》じた。

その人《ひと》は、あたしととなりの男《おとこ》の子《こ》を箱《はこ》から出《だ》してかかえると、走《はし》り出《だ》した。

激《はげ》しくゆれる視界《しかい》のなか、男《おとこ》の人《ひと》は、何《なに》かから必死《ひっし》にあたしと男《おとこ》の子《こ》を守《まも》っていた。

遠《とお》くで悲鳴《ひめい》が、近《ちか》くで**爆発音《ばくはつおん》**が聞《き》こえるなか。

その人《ひと》はあたしたちをだきしめて、

「安心《あんしん》しろ。俺《おれ》が絶対《ぜったい》に助《たす》ける」

って、はげましつづけてくれた。

「だれ？」

そう聞《き》くと、その人《ひと》はニッと笑《わら》って、こう答《こた》えた。

「世界一《せかいいち》のスパイだ」

そして、あたしと男《おとこ》の子《こ》は、船《ふね》に乗《の》って、白《しろ》い島《しま》を出《で》た。

・－－　・・・－　－－－・　・・・－　・－－－　－－・－・　－－　・・－

波《なみ》の音《おと》は、記憶《きおく》の底《そこ》に、しずんでいった。

5. レオとセオ

眼《め》が熱《あつ》い。

涙《なみだ》が、とまらない。

「大丈夫《だいじょうぶ》、大丈夫《だいじょうぶ》。あたしは、**大丈夫《だいじょうぶ》**」

視界《しかい》が、どんどん黒《くろ》く染《そ》まっていくような気《き》がした。

記憶《きおく》のなかに心《こころ》をひたしていたら、底《そこ》なし沼《ぬま》にしずんで、もう出《で》られない気《き》がした。

足《あし》を止《と》めたらだめだ。

あたしは、黒《くろ》いバラが闇《やみ》をいっそう濃《こ》くする、人気《ひとけ》のない場所《ばしょ》に入《はい》った。

何《なに》か、ちがうことを考《かんが》えないと。

「いまは、**プロ試験《しけん》の途中《とちゅう》で**……あたしは、あたしは……**CSCO《シーエスシーオー》のスパイで**……」

重《おも》たい足《あし》を引《ひ》きずるようにして、前《まえ》に進《すす》んだ。

何度《なんど》息《いき》をすっても、空気《くうき》はのどにつまるだけ。

目元《めもと》をぬぐった手《て》のこうが、かわいては、ぬれていく。

ゼインは、お母《かあ》さんの弟《おとうと》で、あたしのおじさんだったんだ。

あやしかったソロン先生《せんせい》は、世界《せかい》の守護者《しゅごしゃ》で、あたしたちの味方《みかた》だった。

いまはもう、Re：Start《リスタート》を止《と》める方法《ほうほう》を、お母《かあ》さんとお父《とう》さんに聞《き》く方法《ほうほう》はない。

だって、もう、死《し》んじゃってたんだもん。

帰《かえ》る場所《ばしょ》だって、もうないんじゃん。

八年前《ねんまえ》、あの悲劇《ひげき》の日《ひ》に、全部《ぜんぶ》なくしてたんだから。

「なにそれ」

足《あし》が、止《と》まった。

「なんも、ないんじゃん」

視界《しかい》が、どんどん暗《くら》くなる。

【蛇《へび》】が、Re：Start《リスタート》が、憎《にく》かった。なにもかもが憎《にく》かった。

――ナノ、大丈夫《だいじょうぶ》か――

レオの声《こえ》が、ふいにピアスごしに聞《き》こえた。

これは何《なに》かの悪《わる》い夢《ゆめ》だって、全部《ぜんぶ》、否定《ひてい》してもらいたかった。

全部《ぜんぶ》がうそだと、必死《ひっし》に証明《しょうめい》したくなった。

そう、たとえば、誕生日《たんじょうび》や、部門試験《ぶもんしけん》に合格《ごうかく》したときに、ゼインから、名前《なまえ》をふせてわたされたプレゼント。

あれは、お母《かあ》さんとお父《とう》さんが、遠《とお》くから贈《おく》ってくれてたって。そう、信《しん》じてた。

「だって、プレゼントをくれてた……」

声《こえ》が、ふるえる。のどの奥《おく》が、苦《くる》しい。

お母《かあ》さんとお父《とう》さんが、どこかで生《い》きているって。

あたしのことを捜《さが》していて、ずっと会《あ》えるのを楽《たの》しみにしているって。

いまは、ただ、いそがしいから、なにかの任務《ミッション》があるから、会《あ》えないだけだって。

そう、信《しん》じてた。あたしは、うたがわなかった。

……いや、ちがう。

うたがいたくなかったんだ。信《しん》じたかったんだ。

──……あれは、ゼインが、**とりはからってくれてた**んだ。ずっと前《まえ》に、母《かあ》さんたちが、まとめて準備《じゅんび》していたものを、ゼインがかわりに、記念日《きねんび》にくれてたんだ──

真正面《ましょうめん》から、岩《いわ》でなぐられた気分《きぶん》だった。

お母《かあ》さんとお父《とう》さんが、もういないことを、生《い》きている人間《にんげん》から事実《じじつ》だとつきつけられて。

目《め》の前《まえ》が、真《ま》っ暗《くら》になった。

——ナノ、**隠《かく》してて、悪《わる》かった**——

しぼりだしたような、苦《くる》しそうな、それでもどこか冷静《れいせい》な声《こえ》に。

怒《いか》りと悲《かな》しみが、頂点《ちょうてん》をこえて。

感情《かんじょう》の大波《おおなみ》が、地平線《ちへいせん》の先《さき》で静《しず》かになったように、止《と》まった。

「……レオは、知《し》ってたの？　**全部《ぜんぶ》？**」

——……ああ。おれは、**全部《ぜんぶ》知《し》ってた**——

「いつから？」

ひどく、冷《つめ》たい声《こえ》が出《で》た。

——……ずっと、**ずっと前《まえ》から**だ——

そっか。レオは、ずっと前《まえ》に【モード：MEMORY《メモリー》】の能力《のうりょく》が、解《と》けてたんだ。

心《こころ》の静《しず》けさは、レオの言葉《ことば》で、また大波《おおなみ》を生《う》み出《だ》した。

わかってる。けんとうちがいな怒《いか》りだって。

でも、いまのあたしには、相手《あいて》が必要《ひつよう》だった。

このこらえきれない感情《かんじょう》をぶつける相手《あいて》が。

「ありえない。ありえない！」

あたしだけが、何《なに》もかも知《し》らなかったことが、耐《た》えられなかった。

「あたしが！　いつもお母《かあ》さんとお父《とう》さんに会《あ》いたいって言《い》ってたとき、レオは何《なに》を考《かんが》えてたの⁉　あたしの記憶《きおく》がないからって、うそをつくなんてひどすぎる」

――ナノ、聞《き》け。八年前《ねんまえ》のことはＣＳＣＯ《シーエスシーオー》では話《はな》せなかったんだ。ＢＳ《ビーエス》に関《かか》わることだから――

「むり、いやだ！　**もうレオを信《しん》じられない！**」

この悲《かな》しみを、怒《いか》りを、いまは、受《う》け入《い》れきれなかった。

「ずっと秘密《ひみつ》ばっかりで、**何《なに》も教《おし》えてくれなかった！**　そんな人《ひと》の話《はなし》、聞《き》きたくない！」

それに――**レオの本当《ほんとう》の名前《なまえ》は、「セオ」だった。**

「**名前《なまえ》までちがう！**　レオが秘密《ひみつ》を話《はな》すまで待《ま》つって決《き》めてたけど、もう何《なに》も信《しん》じられない」

レオは何《なに》も言《い》わない。**言《い》えないんだ。**

あたしに、何《なに》もかも隠《かく》してるから。

レオが、何《なん》のために、何《なに》を隠《かく》していたのか、もうあたしにはわからない。

わかりたくもない。

レオは、あたしに何《なに》も言《い》わないことを選択《せんたく》して、ここまできた。

そんなレオを、**もう受《う》け入《い》れたくない。**

―悪《わる》かった……。でも、おれは絶対《ぜったい》に、ナノの味方《みかた》だ。信《しん》じてくれ―

「八年間《ねんかん》、本当《ほんとう》の名前《なまえ》すら教《おし》えてくれなかった相手《あいて》を、信《しん》じられるわけない」

―ナノ、お願《ねが》いだ。おれはお前《まえ》を守《まも》りたいんだ―

「これだけは教《おし》えて。**レオは、Ｒｅ《リ》：Ｓｔａｒｔ《スタート》を止《と》める方法《ほうほう》を知《し》ってるの？**」

―……わからない―

「わかった」

―ナノ！　**切《き》るな！**―

あたしは、ピアスのレオとの通信《つうしん》を切《き》った。

拒絶《きょぜつ》しないと、心《こころ》が折《お》れそうだった。

涙《なみだ》を、むりやりぬぐった。

能力《のうりょく》が解《と》けていたレオだけじゃない、ゼインもユーコ先生《せんせい》も、ソロン先生《せんせい》も、知《し》ってたんだ。

それなのに、**あたしに何《なに》も言《い》わなかったんだ。**

もう、何《なに》も信《しん》じたくなかった。

ひりひりと痛《いた》む目元《めもと》に、夏《なつ》のぬるい風《かぜ》をあびて。

一生懸命《いっしょうけんめい》、気持《きも》ちを切《き》りかえた。

「いまは、**プロ試験中《しけんちゅう》だ**」

この植物園《しょくぶつえん》では、世界警察《せかいけいさつ》も見回《みまわ》りをしているから、これ以上《いじょう》、長居《ながい》はできない。

なんとかたどりついたしげみで、あたしは、土《つち》の中《なか》にうまった箱《はこ》に、アースボールを入《い》れた。

箱《はこ》のふたをしめると、**【任務完了《ミッションコンプリート》】**という文字《もじ》があらわれて、箱《はこ》は土色《つちいろ》に変化《へんか》して、自然《しぜん》にとけこんだ。あとはプロスパイが、回収《かいしゅう》するだけだ。

これで、任務《ミッション》は完了《かんりょう》した。あたしは、プロ試験《しけん》に**合格《ごうかく》**できるんだ。

ほんの少《すこ》しだけ、心《こころ》が明《あか》るくなった。

そのとき、しげみの向《む》こうにいる人物《じんぶつ》を見《み》て、あたしはかたまった。

いま、絶対《ぜったい》に会《あ》いたくない相手《あいて》――**ヴェール**だ。

「やっと見《み》つけた」

そう、するどい声《こえ》がひびいて、息《いき》をのむことすらできなかった。

「**貴様《きさま》が、エメラルドのBS《ビーエス》だな**」

ヴェールは、**見知《みし》らぬ少女《しょうじょ》**を捕《つか》まえていた。

6. あたしの名前《なまえ》は

「エメラルドのＢＳ《ビーエス》の、**ナノ・Ｎ《エヌ》・アニエル**、貴様《きさま》を逃《のが》さないぞ」

ヴェールに手《て》をつかまれたオレンジの髪《かみ》の少女《しょうじょ》は、目《め》を見開《みひら》いている。

「先《さき》ほど、研究施設《けんきゅうしせつ》でアースボールが盗《ぬす》まれた。その直後《ちょくご》に、一人《ひとり》であやしい行動《こうどう》をしている者《もの》が、エメラルドのＢＳ《ビーエス》だと予測《よそく》していたが、**あたった**な。身体的特徴《しんたいてきとくちょう》もあてはまっている」

「ア、**アースボール？**　わ、わたし、記念《きねん》に花《はな》をつもうとしてただけで……」

ヴェールは、いまにも少女《しょうじょ》に、手錠《てじょう》をはめようとしている。

なぜか、あたしはひどく冷静《れいせい》だった。

まだ目《め》の前《まえ》の出来事《できごと》が、**自分《じぶん》ごと**として受《う》けとれないだけかもしれない。

目《め》をそらして、身《み》を隠《かく》している緑葉《りょくよう》の、その複雑《ふくざつ》なすじを見《み》つめた。

まるで古代《こだい》ギリシャ語《ご》のような模様《もよう》を見《み》て。

〝**宿命**《しゅくめい》〟という言葉《ことば》が、心《こころ》にうかんだ。

選択《せんたく》からは、逃《のが》れられないのだと、わかった。

頭《あたま》にうかんだのは、二つの選択肢《せんたくし》。

一つ目《め》の選択肢《せんたくし》は、見《み》なかったことにして、逃《に》げること。

もし、あの子《こ》を見《み》すごしたら、あたしはここから簡単《かんたん》に逃《に》げられる。

あの子《こ》が、あたしのかわりに捕《つか》まれば、ヴェールはあたしを捜《さが》さない。

あたしは、テロストロ監獄《かんごく》に囚《とら》われなくてすむ。

二つ目《め》の選択肢《せんたくし》は、自分《じぶん》がエメラルドのBS《ビーエス》だと、名《な》のり出《で》ること。

もし、ここで名《な》のり出《で》たら、**あの子《こ》は助《たす》かる。**

絶対《ぜったい》に逃《に》げきれる保証《ほしょう》はないけれど、モード：ALL《オール》を使《つか》えば。

五割《わり》の確率《かくりつ》で逃《に》げきれるかもしれない。

逃《に》げきれる可能性《かのうせい》があるなら。

〝名《な》のり出《で》よう〟、そう思《おも》ったとき。

まるで暗闇《くらやみ》で見《み》つけた宝石《ほうせき》のように、頭《あたま》の中《なか》にうかんだのは——

Re：Start《リスタート》のことだった。

あたしは**彼《かれ》らを止《と》めなくちゃいけない。**

自分《じぶん》のことだけじゃなくて、Ｒｅ：Ｓｔａｒｔ《リスタート》や、世界《せかい》のことを考《かんが》えなくちゃいけないんだ。

そう、言《い》い聞《き》かせた。その考《かんが》えが、まるで救《すく》いであるかのように、心《こころ》を軽《かる》くした。

そうだ、これはあたしだけの問題《もんだい》じゃないんだ。

それに、ここで名《な》のり出《で》たら、プロ試験《しけん》に参加《さんか》した仲間《なかま》たちはどうなる？

あたしが帰《かえ》らなければ、不合格《ふごうかく》になるかもしれない。

そう、言《い》いわけがあふれて、正義《せいぎ》への道《みち》を、一歩《いっぽ》ずつ遠《とお》のかせていく。

あの子《こ》がつかまれば、ヴェールは、もうエメラルドのＢＳ《ビーエス》を捜《さが》さない。

そしたら、植物園《しょくぶつえん》にはりめぐらされた世界警察《せかいけいさつ》の包囲網《ほういもう》からも、逃《のが》れられる。

それに、あの子《こ》が一時的《いちじてき》に捕《つか》まったとしても、くわしく調査《ちょうさ》されれば。

人《ひと》ちがいだってわかる。


もう、**それでいいじゃん。**

心《こころ》が、重《おも》たく、それでも晴《は》れたような気《き》がした。

それは湿気《しっけ》をふくんだ雨《あめ》が、一時的《いちじてき》に止《や》んだような、曇天《どんてん》のなかの晴《は》れだった。

罪悪感《ざいあくかん》が黒《くろ》い波《なみ》のようにおしよせて、皮《ひ》ふに生《なま》ぬるい風《かぜ》がおおいかぶさり。

常夏《とこなつ》の夜《よる》の闇《やみ》が、前《まえ》にも後《うし》ろにも、一歩《いっぽ》も動《うご》けなくする。

「わ、わたし、**ナノって名前《なまえ》じゃないです！**　かんちがいです！　だ、だれか、**助《たす》けて！**」

いまにも泣《な》きそうな、ひきしぼるような声《こえ》がひびく。

そのか細《ぼそ》い腕《うで》は、ふるえて鳥肌《とりはだ》がたっていた。

そんな少女《しょうじょ》を射貫《いぬ》く、ヴェールの**眼《め》**はゆらがない。

あの、一度《いちど》見《み》たら忘《わす》れられない眼《め》が。

何《なに》を言《い》っても伝《つた》わらないと、あきらめさせる眼《め》が、あたしは**怖《こわ》い**。

口《くち》がかわいていく。手《て》がふるえる。

怖《こわ》いと感《かん》じたとき、思《おも》い出《で》すのは、**世界一《せかいいち》のスパイ**のこと。

世界一《せかいいち》のスパイは、あんな危《あぶ》ない状況《じょうきょう》でも。

笑《わら》って助《たす》けてくれた。

最高《さいこう》にクールだった。

そうだ。あたしの**正義《せいぎ》**は、**一人《ひとり》もとりのこさないで、**みんなを笑顔《えがお》に**することだ。**

そのために**自分《じぶん》の時間《じかん》を使《つか》って、新《あたら》しいあたりまえを**つくるんだ。

ああ、もう答《こた》えは見《み》えた。

思《おも》い出《だ》すのは、初任務《はつミッション》のとき、ゼインが言《い》った**言葉《ことば》**。

――何《なに》が正解《せいかい》なのか、わからなくなるときもある――

正解《せいかい》は、わからない。

でも、いまのあたしに、わかることはある。

それは、目《め》の前《まえ》のあの子《こ》が、**笑《わら》えていない**こと。

いま、あの子《こ》を助《たす》けられるのは、**あたしだけ**ということ。

そして、あたしの名前《なまえ》が、**ナノ**ということだ。

一歩《いっぽ》、前《まえ》へふみだすための勇気《ゆうき》を、**この言葉《ことば》**がくれる。

――そんなときは、自分《じぶん》に言《い》い聞《き》かせるんだ――


常《つね》に正義《せいぎ》を心《こころ》に！

「あたしが、ナノ・N《エヌ》・アニエルだ！」

ヴェールの前《まえ》に飛《と》び出《だ》した。

「貴様《きさま》が！」

ヴェールが、変装《へんそう》をしたあたしを、するどく見《み》つめた。

「……そうかその声《こえ》、ドーリー。**やはり貴様《きさま》だったのか**」

少女《しょうじょ》の手《て》をはなしたヴェールのひとみが、一瞬《いっしゅん》だけ、ゆらいだように見《み》えた。

オレンジの髪《かみ》の少女《しょうじょ》は、パッとあたしを見《み》て、そして、走《はし》って逃《に》げていった。

あの子《こ》が捕《つか》まらなくてよかった。

――N《エヌ》!? **なにやってんの!** 早《はや》く逃《に》げなさい!――

――いま、植物園中《しょくぶつえんじゅう》で、たくさんのRe:Start《リスタート》と世界警察《せかいけいさつ》が、アースボールを捜《さが》してるから、プロスパイも、すぐにN《エヌ》のところに行《い》けないんよ! **逃《に》げて!**――

ピアスごしの、シャルルとマキの緊迫《きんぱく》した声《こえ》に、あたしはつばをのみこんだ。

ピアスからは、CSCO《シーエスシーオー》に緊急事態《きんきゅうじたい》を伝《つた》えている、さとるたちの声《こえ》が聞《き》こえてくる。

――こちらタロ。ごめん、おいらも、世界警察《せかいけいさつ》から隠《かく》れてて、サポートできない!――

あたし一人《ひとり》で、ここを切《き》りぬけるしかないんだ。

「あたしには、まだやることがある。だから、捕《つか》まることはできない」

モード:ALL《オール》を使《つか》えば、五割《わり》の確率《かくりつ》で逃《に》げきれるはず。

ヴェールと間合《まあ》いをとって、チョーカーのエメラルドをなぞったとき――

ガクッ ひざが、地面《じめん》についた。

「え、なんで？」

この感覚《かんかく》、知《し》ってる。**抹消石《まっしょうせき》**だ。

でも、ヴェールは、ただ灰色《はいいろ》の剣《つるぎ》を構《かま》えているだけなのに。

「正義《せいぎ》の剣《つるぎ》は、抹消石《まっしょうせき》でできている。**BS《ビーエス》の呪《のろ》いは、私《わたし》には効《き》かない！**」

「そんな！」

――ナノ！ **逃《に》げてっ！**――

マキの悲鳴《ひめい》のような声《こえ》と同時《どうじ》に。

ガチャッ 手首《てくび》に**冷《つめ》たい輪《わ》**がかかった。

手錠《てじょう》だ。

ハッとしたときには、ぐいっと引《ひ》かれた手首《てくび》が痛《いた》くて。

「**貴様《きさま》を、絶対《ぜったい》に逃《に》がさない**」

目《め》の前《まえ》で、ヴェールが自分《じぶん》の手《て》に、**もう片方《かたほう》の輪《わ》**をかけた。

あたしの手《て》は、七〇センチの鎖《くさり》で、ヴェールとつながったんだ。

「**貴様《きさま》を監獄《かんごく》へ連《つ》れていく。ヘリは、あの**ホテルの屋上《おくじょう》**に、むかえに来《く》る**」

ヴェールの背後《はいご》にそびえる、巨大《きょだい》なホテルが、白銀《はくぎん》に光《ひか》った。

◆

ダイアモンドのひとみをした青年《せいねん》――カフが、パッと顔《かお》を上《あ》げた。

「**未来《みらい》が、変《か》わりました**」

その眼《め》には、いま、抹消石《まっしょうせき》のついた目隠《めかく》しはかかっていない。

「**いますぐ、ナノ・N《エヌ》・アニエルを捕《つか》まえなさい！**」

その言葉《ことば》は、シンガポール中《じゅう》の。

全《すべ》てのRe《リ》：Start《スタート》のメンバーに伝《つた》わった。

7. 悪《あく》は裁《さば》かねばならない

――ターゲットを発見《はっけん》。ただちに捕《と》らえます――

突如《とつじょ》、あたしの背後《はいご》から声《こえ》が聞《き》こえた。

振《ふ》り返《かえ》った先《さき》には――ウロボロスマークのついた、防弾服《ぼうだんふく》の集団《しゅうだん》がいた！

「Re：Start《リスタート》に見《み》つかった！ いますぐ、あのホテルの屋上《おくじょう》に行《い》くぞ」

ヴェールが、背後《はいご》の敵《てき》をにらんで言《い》った。

パァンッ　防弾服《ぼうだんふく》の集団《しゅうだん》は、あたしたちの動《うご》きをにぶらせるために、足元《あしもと》を射撃《しゃげき》してくる。

「逃《に》げるなら、こっちでしょ！　ホテルなんかに行《い》ったら、**一般市民《いっぱんしみん》が危《あぶ》ない**でしょ！」

「たわけ者《もの》、**優先順位《ゆうせんじゅんい》**をつけることも大事《だいじ》だ。あいつらも、むやみに撃《う》ってはこない」

ヴェールに引《ひ》っぱられた手錠《てじょう》で、あたしの手首《てくび》は赤《あか》くなってる。

いま抵抗《ていこう》しても、手錠《てじょう》は外《はず》せない。

それなら、ヴェールの言《い》うとおりに逃《に》げながら、外《はず》す方法《ほうほう》を考《かんが》えたほうが良《い》いかも。

あたしたちは、植物園《しょくぶつえん》の橋《はし》をわたって、一直線《いっちょくせん》に走《はし》った。

正面《しょうめん》には、三つのタワーの頂上《ちょうじょう》に船《ふね》をおいたような、巨大《きょだい》なホテルがそびえ立《た》っている。

敵《てき》はいたるところから現《あらわ》れて、どんどん増《ふ》えていく。

パンッ 背後《はいご》からはなたれる銃弾《じゅうだん》をよけながら、あたしは考《かんが》える。

マレーシアでは、スナイパーのタロが、手錠《てじょう》の鎖《くさり》を撃《う》ち切《き》ったんだ。

敵《てき》の銃弾《じゅうだん》で、この鎖《くさり》を切《き》れるかもしれない。

「うわ！　ちょっと！」

急《きゅう》に視界《しかい》が高《たか》くなって、背後《はいご》のＲｅ：Ｓｔａｒｔ《リスタート》たちと目《め》が合《あ》った。

ヴェールが、あたしを肩《かた》にかついだんだ。

「**むだなことを考《かんが》えるな。**貴様《きさま》を絶対《ぜったい》に逃《に》がしはしない」

あたしが、銃弾《じゅうだん》で鎖《くさり》を切《き》ろうとしてることに、気《き》づかれたんだ。

ピカッ　空《そら》が光《ひか》り、遠《とお》くから雷鳴《らいめい》が聞《き》こえた。

雨《あめ》の香《かお》りが、空気《くうき》の重《おも》さが、夜《よる》を支配《しはい》していく。

そして、とうとうヴェールは、ホテルのなかに入《はい》った。

ヤバい！　このままじゃダメだ。

ヴェールは、屋上《おくじょう》に来《く》る**ヘリコプター**に、あたしを乗《の》せる気《き》なんだ！

後《うし》ろからは、Ｒｅ：Ｓｔａｒｔ《リスタート》の追手《おって》がどんどん増《ふ》えてくる。

彼《かれ》らはヴェールの言《い》った通《とお》り、一般人《いっぱんじん》に被害《ひがい》がでないように狙撃《そげき》してくる。相手《あいて》は**プロ**だ。

ヴェールからも、Ｒｅ：Ｓｔａｒｔ《リスタート》からも、逃《に》げる方法《ほうほう》を考《かんが》えないと！

あたしをかかえたヴェールは、追手《おって》をまくために。

レストランの厨房《ちゅうぼう》やカジノ、パーティー会場《かいじょう》などを通《とお》りぬけていく。

「は、な、せぇー！」

暴《あば》れてもヴェールはびくともしない。

こうなったら、説得《せっとく》するしかない。

「ねえ、ヴェールは、なんであたしを捕《つか》まえるの？」

「貴様《きさま》が**悪**《あく》だからだ」

「あたしは、**悪**《あく》**じゃない**。世界《せかい》を平和《へいわ》にする、世界一《せかいいち》のスパイになるんだから！」

「私《わたし》にとっての悪《あく》とは、**世界**《せかい》**を終**《お》**わらせる存在**《そんざい》。それが貴様《きさま》だ」

「あたしは世界《せかい》を終《お》わらせない！　だから、あたしを捕《つか》まえる必要《ひつよう》はないよ！」

ヴェールは走《はし》りながら、横目《よこめ》であたしを見《み》た。

「貴様《きさま》は知《し》らないかもしれないが、最終的《さいしゅうてき》には、エメラルドのＢＳ《ビーエス》が、世界《せかい》を終《お》わらせるんだ」

「……どういうこと？」

「三〇〇年前《ねんまえ》の文献《ぶんけん》にあった。Ｒｅ：Ｓｔａｒｔ《リスタート》や【蛇《へび》】も悪《あく》だが、結局《けっきょく》は、エメラルドのＢＳ《ビーエス》が全《すべ》ての鍵《かぎ》をにぎるんだ」

ヴェールはそう言《い》って、あたしを見《み》た。

「貴様《きさま》がエメラルド島《とう》に行《い》けば、世界《せかい》が終《お》わる。だから、行《い》かせないためにも、絶対《ぜったい》に外《そと》に出《で》られないテロストロ監獄《かんごく》に連《つ》れていくのだ」

まばたきをした。

その方法《ほうほう》があるんだって、思《おも》っちゃったんだ。

――でも、絶対《ぜったい》にダメだ。テロストロ監獄《かんごく》に入《はい》ったら一生《いっしょう》、出《で》られないんだ。

生《い》きたまま地獄《じごく》に行《い》くようなものなんだ。

そのとき、階段《かいだん》を上《のぼ》りきったヴェールの足《あし》がとまった。

そこは――街《まち》を一望《いちぼう》できる、屋上《おくじょう》の天空《てんくう》のプールだ。

船《ふね》のようなたて長《なが》のプールは、全長約《ぜんちょうやく》一五〇メートルもある。

ライトアップされた水《みず》の底《そこ》は、エメラルドグリーンに光《ひか》っていた。

空《そら》とプールのさかい目《め》があいまいで、どこまでもつづいているように見《み》える。

高《たか》い柵《さく》のないプールの向《む》こうには、マーライオン公園《こうえん》と、ため池《いけ》であるマリーナ湾《わん》が見《み》える。

空《そら》では、雷《かみなり》を光《ひか》らせる雨雲《あまぐも》が、どんどん近《ちか》づいていて。

周《まわ》りにあるランプは、雷雨《らいう》の危険《きけん》を知《し》らせるように、チカチカと光《ひか》っている。

安全《あんぜん》のために、プールは人払《ひとばら》いされているから、いま、人《ひと》はいない。

目《め》の前《まえ》には、バーとデッキチェアの並《なら》ぶプールサイドがまっすぐのびている。


とうとう、ここまで来《き》てしまった。


ヴェールがあたしを肩《かた》から下《お》ろして、空《そら》を見上《みあ》げる。

落雷《らくらい》に交《ま》じって、世界警察《せかいけいさつ》のヘリコプターの音《おと》が聞《き》こえてきた。

もう、すぐ近《ちか》くにいるんだ。

ドンッ　突如《とつじょ》、近《ちか》くで巨大《きょだい》な雷《かみなり》が落《お》ちて。

ヴェールの気《き》がそれた。その瞬間《しゅんかん》に。

キィンッ　敵《てき》のはなった銃弾《じゅうだん》を、鎖《くさり》に命中《めいちゅう》させた。

激《はげ》しい衝撃《しょうげき》に、手首《てくび》がしびれる。でも、手錠《てじょう》の鎖《くさり》は**切《き》れた**。

あたしは、全力《ぜんりょく》でヴェールから逃《に》げて、**プールの中央《ちゅうおう》**へ走《はし》った。

8. あたしの選択《せんたく》

「待《ま》て！」
ヴェールから逃《に》げながら、あたしは中心《ちゅうしん》に向《む》かって、プールサイドを走《はし》る。
――ジジッ　**ナノ、こっちに来《こ》い！**――
ピアスから、レオの叫《さけ》び声《ごえ》が聞《き》こえた。
強制的《きょうせいてき》に通信《つうしん》をつなげたんだ。そのとき――
プールサイドの最奥《さいおう》に。
レオが見《み》えた。
でも、レオのもとに行《い》っても、**何《なに》も変《か》わらない**。
Ｒｅ：Ｓｔａｒｔ《リスタート》に追《お》われつづけて、もしかしたら、学園《がくえん》が襲《おそ》われるかもしれない。
それに、**レオまで捕《つか》まるかもしれない**。
それは、いやだ。

「ナノ・N《エヌ》・アニエル！　大人《おとな》しく捕《つか》まりなさい！」

背後《はいご》から、Re：Start《リスタート》が追《お》ってくる。

やつらは、世界《せかい》を終《お》わらせようとしてる。

Re：Start《リスタート》に捕《つか》まったら、エメラルド島《とう》に連《つ》れて行《い》かれるんだ。

それは、**絶対《ぜったい》にダメ**だ。


「**エメラルドのBS《ビーエス》。私《わたし》のもとに来《こ》い！**」

すぐそばまでやってきた、ヴェールを見《み》た。

あたしは、世界警察《せかいけいさつ》の正義《せいぎ》を、受《う》け入《い》れられない。

でも、彼《かれ》らに捕《つか》まったら、**エメラルド島《とう》に、連《つ》れていかれることもない**。


レオか。

Re：Start《リスタート》か。

世界警察《せかいけいさつ》か。

どれを選《えら》べばいい？

あたしは、視線《しせん》をめぐらせた。

プールの中心《ちゅうしん》には、プールサイドと、プールのふちをつなげる、**一本《ぽん》の通路《つうろ》**がある。

その通路《つうろ》の先《さき》には、宝石《ほうせき》のような夜景《やけい》が広《ひろ》がっていた。

最奥《さいおう》から、走《はし》り出《だ》したレオは、まだ五〇メートルくらい離《はな》れている。

背後《はいご》から、Re:Start《リスタート》が、武器《ぶき》をかまえて走《はし》ってくる。

中央《ちゅうおう》の空《そら》から、正義《せいぎ》の剣《つるぎ》が描《えが》かれたヘリコプターが近《ちか》づいてくる。

「ナノ、おれがどうにかするから、**行《い》くな！**」

「Re:Start《リスタート》のもとへ**来《き》なさい！**」

「貴様《きさま》なら、正《ただ》しい選択《せんたく》がわかるはずだ。**私《わたし》を選《えら》べ**」

あたしは、深《ふか》く息《いき》をすった。

人《ひと》は、**選択《せんたく》**をして生《い》きている。

その選択《せんたく》が、正《ただ》しいかは、後《あと》にならないとわからない。

でも、選択《せんたく》をしないと、なにもはじまらない。

あたしの選択《せんたく》は――

プールの中央《ちゅうおう》にのびる通路《つうろ》を走《はし》って。

ヘリコプターに飛《と》び乗《の》った。
あたしは、**世界警察**《せかいけいさつ》を選《えら》んだ。
これはきっと、**代償**《だいしょう》だ。
世界《せかい》を終《お》わらせないために、あたしがはらう代償《だいしょう》なんだ。

乗《の》り込《こ》んできたヴェールが。
ガチャッ　あたしに**手錠**《てじょう》をかけた。
灰色《はいいろ》のひとみが、あたしを射抜《いぬ》く。

「私《わたし》は、エメラルドのBS《ビーエス》を捕《と》らえるために生《い》きてきた。貴様《きさま》の牢獄《ろうごく》も、囚人番号《しゅうじんばんごう》も、三〇〇年《ねん》前《まえ》から用意《ようい》されている。貴様《きさま》の名前《なまえ》はこれから、囚人番号《しゅうじんばんごう》：7《セブン》だ」

あたしは、ヴェールをにらんだ。

世界《せかい》を終《お》わらせないために。

テロストロ監獄《かんごく》に入《はい》る。

「これが、あたしの選択《せんたく》だ」

「貴様《きさま》の一生《いっしょう》を、私《わたし》がテロストロ監獄《かんごく》で、見届《みとど》けてやる」

9. Re:Start《リスタート》の理想《りそう》の世界《せかい》

Re:Start《リスタート》の本部《ほんぶ》である、**超巨大《ちょうきょだい》な船《ふね》**。

カフとメイスは、黒々《くろぐろ》ときらめく船上《せんじょう》でエメラルド島《とう》をながめていた。

八年前《ねんまえ》の**歓喜《かんき》の日《ひ》**を思《おも》い出《だ》し、メイスの胸《むね》はおどった。

「私《わたし》は、あなたの理想《りそう》の世界《せかい》のために、命《いのち》をささげる覚悟《かくご》はできています」

胸《むね》に手《て》をあて、黒槍《くろやり》をかかげるメイスに。

カフはうなずいて、手《て》をさしだした。

「大丈夫《だいじょうぶ》。未来《みらい》の軌道修正《きどうしゅうせい》はできた。**【はじまりの光《ひかり》】**が、最初《さいしょ》につくりあげたとおり、世界《せかい》を終《お》わらせて、はじめよう。我々《われわれ》こそ世界《せかい》を正《ただ》しく導《みちび》く、**正義《せいぎ》**だ」

メイスはクリスタルのひとみをかがやかせて、その手《て》をとった。

「「すべては、理想《りそう》の世界《せかい》のために」」

エメラルド島《とう》は、もうすぐそこに。

10. コードネーム：Z《ゼット》

「八年前《ねんまえ》の悲劇《ひげき》をくり返《かえ》さないために、行《い》くぞ！」

Z《ゼット》は、特殊任務部隊《とくしゅにんむぶたい》のメンバーとともに、キプロス島《とう》へ向《む》かった。

「「「「常《つね》に正義《せいぎ》を心《こころ》に！」」」」

△任務達成《ミッションコンプリート》▽　任務《ミッション》No.04　チーム：レオ　『アースボールを盗《ぬす》み出《だ》せ！』

△成績結果《せいせきけっか》▽

【合格《ごうかく》】九名《めい》　戦略部《せんりゃくぶ》：レオ・サファイア

情報部《じょうほうぶ》：シャルル・ハック／さとる／一条《いちじょう》

戦闘部《せんとうぶ》：ペッパー／タロ

アイテム部《ぶ》：マキ・エジソン／シナモン／カルダモン

【合格未定《ごうかくみてい》】一名《めい》　戦闘部《せんとうぶ》：ナノ・エメラルド（行方不明《ゆくえふめい》のため）

COOL《クール》-DOWN《ダウン》 セオは準備《じゅんび》をはじめる

キプロス島《とう》。
そこは、美《び》の女神《めがみ》であるヴィーナスが生《う》まれた地《ち》として伝《つた》えられている。
北《きた》と南《みなみ》に分《わ》かれた、二つの地域《ちいき》の間《あいだ》には。
衝突《しょうとつ》をふせぐために、国連《こくれん》によってひかれたラインがある。
通称《つうしょう》、**グリーンライン**。
そのラインは、トゲのついた鉄線《てっせん》がはりめぐらされた廃墟《はいきょ》のはざまや。
一個《こ》の見《み》はり台《だい》がたつ、星形《ほしがた》の旧市街《きゅうしがい》にしかれている。
ラインのなかで、CSCO《シーエスシーオー》の特殊任務部隊《とくしゅにんむぶたい》は、任務《にんむ》の最終確認《さいしゅうかくにん》をしていた。
そこに、ソロンの姿《すがた》はない。
「今回《こんかい》の任務《ミッション》には、戦略部《せんりゃくぶ》の代表《だいひょう》として、レオ・サファイアが参加《さんか》する」
ゼインに紹介《しょうかい》されたレオ。そのえりもとには、プロを示《しめ》すえりピンがついている。

そのとき、そこに、二人《ふたり》の少女《しょうじょ》が現《あらわ》れた。

「うちらも連《つ》れてって」

「連《つ》れて行《い》かないと、勝手《かって》に行《い》くわよ」

マキとシャルルだ。

「マキ、シャルル。プロスパイになったとはいえ、外出《がいしゅつ》はまだ許可《きょか》していないだろ、帰《かえ》るんだ！」

それでも、腕《うで》を組《く》んでかたくなに動《うご》かない二人《ふたり》を、ゼインは地面《じめん》に片《かた》ひざをついて見上《みあ》げた。

「お前《まえ》たち二人《ふたり》には、待《ま》っていてほしい。ナノの帰《かえ》る場所《ばしょ》でいてほしいんだ。これは、親代《おやが》わりとしてナノを育《そだ》ててきた、親《おや》としての俺《おれ》からの頼《たの》みだ」

シャルルとマキは、くちびるをかんで。そして、うなずいた。

「絶対《ぜったい》に、つれて帰《かえ》ってきてよ」

「うち、ナノの帰《かえ》りを待《ま》ってるんよ」

「ありがとう。ナノの親友《しんゆう》のお前《まえ》たちに感謝《かんしゃ》する」

ゼインはほほ笑《え》んで、特殊任務部隊《とくしゅにんむぶたい》の集《あつ》まる方《ほう》へ走《はし》っていった。

髪《かみ》をうしろにはらったシャルルは、目《め》の前《まえ》のレオを見《み》た。

レオは、左手《ひだりて》をこしに、右手《みぎて》を左胸《ひだりむね》にあてて、敬礼《けいれい》した。

「おれの正義《せいぎ》をつらぬくために、行《い》ってくる」

その青《あお》いひとみに、ゆるがない意志《いし》を見《み》て、マキとシャルルも敬礼《けいれい》をした。

「あなたの命《いのち》をかけてでもやり通《とお》したいことが、いまわかったわ。レオ。絶対《ぜったい》にナノをつれて、一緒《いっしょ》に帰《かえ》ってきなさい」

「レオ、まかせたよ。ちゃんと二人《ふたり》で帰《かえ》ってきてね」

二人《ふたり》の言葉《ことば》に、レオは眉《まゆ》を下《さ》げて、口《くち》を引《ひ》きむすぶように小《ちい》さく笑《わら》って、うなずいた。

「行《い》ってくる」

特殊任務部隊《とくしゅにんむぶたい》が、グリーンラインの奥《おく》へ進《すす》んでいく。

その背中《せなか》を見送《みおく》ったシャルルは、マキを横目《よこめ》で見《み》た。

「ねえマキ、共犯者《きょうはんしゃ》にならない？　わたしも、正義《せいぎ》をつらぬきたくなったの」

「うちの正義《せいぎ》は、仲間《なかま》を助《たす》けるアイテムをつくることなんよ。だから、なるよ、共犯者《きょうはんしゃ》」

口《くち》のはしを上《あ》げた二人《ふたり》は、気配《けはい》を消《け》して歩《ある》き出《だ》した。

その先《さき》で待《ま》っている、Ｄｏｕｂｔ《ダウト》のスネイクとジャックのもとへ。

◆

レオ——**セオ・C《シー》・ザドキエル**は。

グリーンラインの待機場所《たいきばしょ》で、特殊任務部隊《とくしゅにんむぶたい》のメンバーから少《すこ》し離《はな》れた岩《いわ》に座《すわ》って。

一人《ひとり》で、作戦《さくせん》を振《ふ》り返《かえ》っていた。

そのとき、一般人《いっぱんじん》が決《けっ》して入《はい》ることのできない、この場所《ばしょ》に。

少女《しょうじょ》とも少年《しょうねん》ともとれる人物《じんぶつ》が歩《ある》いてきた。

「**ビィ**」

レオは、その名前《なまえ》を呼《よ》んだ。

「サファイアの守《も》り人《びと》、お久《ひさ》しぶり。そして、はじめまして」

ビィはレオとすれちがいながら、静《しず》かに言《い》った。

「ビィは、会合《かいごう》をとりしきる役割《やくわり》をまっとうする。ビィは、だれの味方《みかた》でも敵《てき》でもない」

そう告《つ》げたビィは、たて長《なが》の六角形《ろっかっけい》の真珠《しんじゅ》のついた腕輪《うでわ》をゆらして。

一人《ひとり》、歩《ある》いていった。グリーンラインの先《さき》に見《み》える。

エメラルド島《とう》へ。

《MISSION CONTINUES《ミッションコンティニューズ》》

ナノの日記《にっき》

キプロス島《とう》へ行《い》く、数日前《すうじつまえ》。

植物園《しょくぶつえん》で、アースボールを盗《ぬす》みだした日《ひ》。

プロ試験《しけん》を合格《ごうかく》したレオたちは、九人《にん》のメンバーで、アメリカに帰国《きこく》する準備《じゅんび》をしていた。

荷物《にもつ》をまとめるために、レオはシンガポールのマンションで、ナノが使《つか》っていた部屋《へや》に入《はい》った。

今日《きょう》の任務《ミッション》が終《お》わったら、帰国《きこく》する予定《よてい》だったのに、まったく荷《に》づくりできていない部屋《へや》。

読《よ》みかけの本《ほん》や、広《ひろ》げっぱなしのおみやげが、ちらばっている部屋《へや》を見《み》て。

いつも荷《に》づくりを手伝《てつだ》わされていたレオは、むしょうに胸《むね》が苦《くる》しくなった。

そのとき、レオはベッドのまくらもとに、すりきれたノートを見《み》つけた。

ぶあつい緑《みどり》のノートだ。

なんとなく開《ひら》いた、最初《さいしょ》のページには、
△警告《けいこく》△　この本《ほん》を読《よ》む前《まえ》に

と、警告文《けいこくぶん》がのっていた。

レオは、ぱらぱらとページをめくっていく。

これは、**日記**《にっき》だった。

マレーシアで、一緒《いっしょ》にレモネードをのんだ夜《よる》、ナノが書《か》いていたものだ。

机《つくえ》の上《うえ》に、**七冊**《さつ》**のノート**がおいてある。

この日記《にっき》は、**八冊目**《さつめ》なんだろう。

そこには、マレーシアとシンガポールで行《おこな》ったプロ試験《しけん》について、くわしく書《か》かれていた。

ノートの間《あいだ》には、**両親**《りょうしん》**にあてた手紙**《てがみ》もはさまっていた。

レオは、ページをめくりつづける。

そして、片面《かためん》が白紙《はくし》になったページで手《て》を止《と》めた。

日《ひ》づけは、昨日《きのう》で終《お》わってる。

今日《きょう》の日《ひ》づけが書《か》かれることのなかった日記《にっき》。

今日《きょう》、つかむことのできなかったナノの手《て》。

レオは、ぐっとこらえるように、口《くち》をひきむすんだ。

ぱたんっと、ノートを閉《と》じたレオは。

そこに、日記《にっき》のタイトルが書《か》かれていることに気《き》づいた。
そのタイトルは——

『トップ・シークレット⑧』

あとがき

Selamat siang《スラマッシアン》!（こんにちは！）あんのまるです。
あなたに、この物語《ものがたり》と出会《であ》っていただけて、とっても嬉《うれ》しいです。

この物語《ものがたり》は、【N《エヌ》】というエメラルド色《いろ》の封蝋《ふうろう》のついた**手紙《てがみ》**が、わたしのポストに入《はい》っていたことからはじまりました。

手紙《てがみ》には、一〇〇枚《まい》を超《こ》える手書《てが》きの文字《もじ》で、ナノの非日常《ひにちじょう》がつづられていました。

すこしくせのある、丸《まる》くて元気《げんき》な文字《もじ》で書《か》かれたものは、手紙《てがみ》というより、物語《ものがたり》に近《ちか》くて。

なにより、**日記《にっき》**のようにも思《おも》えました。

そして毎回《まいかい》、手紙《てがみ》の最後《さいご》には、**きれいな文字《もじ》**でこう書《か》かれていました。

【この手紙《てがみ》を、秘密《ひみつ》を守《まも》れる、より多《おお》くの仲間《なかま》に伝《つた》えてほしい】と。

今回《こんかい》、レオが見《み》つけた日記《にっき》のタイトルを読《よ》んで、ようやくわかりました。

いままで、わたしのもとに届《とど》いていた手紙《てがみ》は。

『トップ・シークレット』という、**ナノの日記《にっき》**だったのです。

しかし、いつも届《とど》くのは、日記《にっき》のノートそのものではなく、A《エー》4サイズの紙《かみ》に書《か》き写《うつ》されたものでした。

今回《こんかい》の手紙《てがみ》は、後半《こうはん》になるにしたがって、走《はし》り書《が》きになっていて、ところどころ、にぎりしめたような、くしゃっとしたあとがありました。

言葉《ことば》にしがたい感情《かんじょう》がこめられた文字《もじ》に、胸《むね》が熱《あつ》くなり。

わたしは、送《おく》り主《ぬし》の願《ねが》いを叶《かな》えるために、**絶対《ぜったい》に本《ほん》にしなければならない**と決意《けつい》しました。

そうして今回《こんかい》も、ぶあつい手紙《てがみ》を、編集者《へんしゅうしゃ》のO《オー》さんと一緒《いっしょ》に本《ほん》にすることができて、本当《ほんとう》によかったです。

送《おく》り主《ぬし》は、いったいだれなのか。

なんで、わたしのところに手紙《てがみ》が送《おく》られてきたのか。

その真実《しんじつ》は、次《つぎ》の『トップ・シークレット⑨』で明《あき》らかになります。

手紙《てがみ》の送《おく》り主《ぬし》の物語《ものがたり》を、最後《さいご》まで、あなたに見守《みまも》ってもらえたらうれしいです。

◇

今回《こんかい》の手紙《てがみ》を本《ほん》にするために、マレーシアとシンガポールと、キプロス島《とう》へ行《い》ってきました。

マレーシアでは、バトゥ洞窟《どうくつ》や、マラッカという街《まち》に行《い》って、とっても感動《かんどう》しました。

シンガポールでは、マーライオン公園《こうえん》や、植物園《しょくぶつえん》をめぐって、美《うつ》しい花々《はなばな》にみとれました。

キプロス島《とう》では、ヴィーナスが誕生《たんじょう》したといわれる海岸《かいがん》に行《い》ったり、グリーンラインを遠《とお》くからながめたりして、歴史《れきし》を感《かん》じました。

どの国《くに》も、魅力《みりょく》のあふれる、とってもすてきな場所《ばしょ》でした！

『あんのまる公式《こうしき》サイト』に旅日記《たびにっき》をゆっくり掲載《けいさい》していくので、ぜひチェックしてみてください。

URL《ユーアールエル》は、https://annomarujobook.wixsite.com/my-site-1 です。

◇

今回《こんかい》のお話《はなし》では、角川《かどかわ》つばさBOOKS《ブックス》から発売《はつばい》されている『100億円求人《おくえんきゅうじん》』に登場《とうじょう》するメンバーも、活躍《かつやく》していました。

だれが出《で》ていたのか、ぜひ探《さが》してみてください！

また、ナノとレオが話《はな》していた、アメリカの独立記念日《どくりつきねんび》については、『おもしろい話《はなし》、集《あつ》めました。Ⓐ《アクア》』を、ぜひチェックしてください！

◇

角川《かどかわ》つばさ文庫《ぶんこ》の公式《こうしき》サイトの感想《かんそう》コメントや、いただいたお手紙《てがみ》を大切《たいせつ》に読《よ》んでいます。
とっても嬉《うれ》しくて、がんばろう！　という気持《きも》ちになります。
ぜひ、あなたのすきなメンバーや、ナノたちに伝《つた》えたいことなどがありましたら、
コメントやお手紙《てがみ》などで、教《おし》えていただけたら嬉《うれ》しいです！

◇

それでは、最後《さいご》に。大切《たいせつ》な家族《かぞく》、お母《かあ》さん、お父《とう》さん、大切《たいせつ》な友人《ゆうじん》たち、先輩《せんぱい》、先生方《せんせいがた》。

シンガポールでドリアンを食《た》べて、インフィニティプールをながめてくれた大親友《だいしんゆう》のきよこ。

エメラルド色《いろ》のN《エヌ》の封蝋《ふうろう》のついた、手紙《てがみ》の送《おく》り主《ぬし》。

たくさんの想《おも》いを込《こ》めて、手紙《てがみ》をいっしょに本《ほん》にしてくれた、最高《さいこう》の担当編集者《たんとうへんしゅうしゃ》のO《オー》さん。

息《いき》をのんで見入《みい》ってしまうほど魅力的《みりょくてき》に、ナノたちの世界《せかい》を美《うつく》しく彩《いろど》って下《くだ》さったシソさん。

この本《ほん》に関《かか》わって下《くだ》さったすべての方々《かたがた》。

わたしと出会《であ》って、選択《せんたく》の大切《たいせつ》さを教《おし》えてくれた、すべての人々《ひとびと》。

そしてなにより、ナノの秘密《ひみつ》の仲間《なかま》にくわわってくれたあなたに、心《こころ》から感謝《かんしゃ》を！

それでは、つぎの物語《ものがたり》でお会《あ》いしましょう！

Selalu sematkan keadilan di dalam jiwa!《常に正義を心に！》

勢力図《せいりょくず》

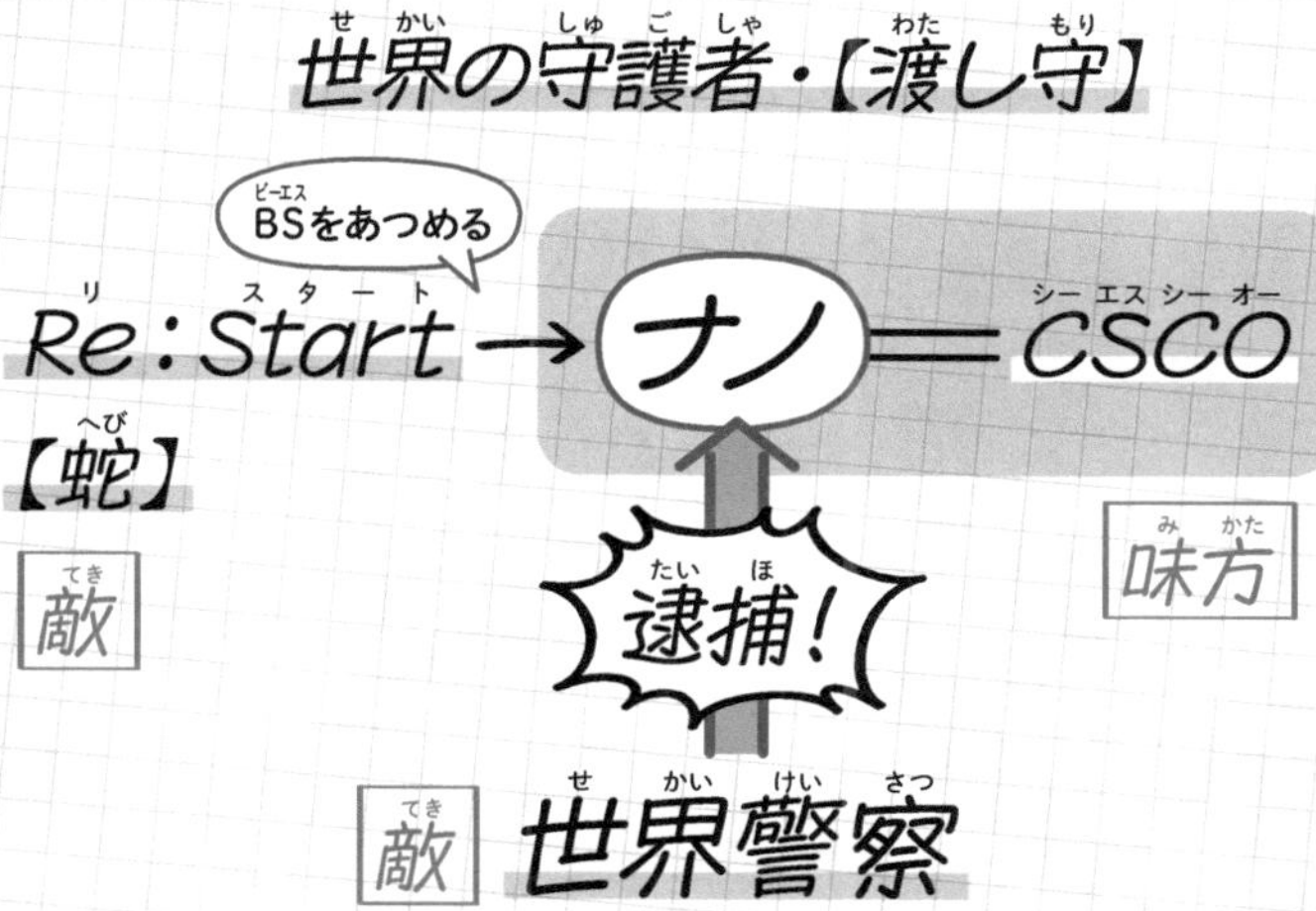

クールな N《エヌ》のスクラップ帳《ちょう》

⑧マレーシア

【言語《げんご》】マレー語《ご》（国語《こくご》）、中国語《ちゅうごくご》、タミール語《ご》、英語《えいご》

【首都《しゅと》】クアラルンプール

シンガポール共和国《きょうわこく》

【国語《こくご》】マレー語《ご》

【公用語《こうようご》】英語《えいご》、中国語《ちゅうごくご》、マレー語《ご》、タミール語《ご》

見《み》どころたくさん！　いろんな文化《ぶんか》が見《み》れて、旅行《りょこう》もたのしい！

極《ごく》秘《ひ》プロフィール

世《せ》界《かい》の命《めい》運《うん》をにぎる、10人《にん》のBS《ビーエス》たち

1	K	カフ	Re《リ》：Start《スタート》のトップ｜ダイアモンドのBS《ビーエス》	1月1日《がつついたち》 birthday
2	C	コフィン	考古学者《こうこがくしゃ》｜ターコイズのBS《ビーエス》	2月《がつ》2日《ふつか》 birthday
3	B	ビィ	???｜真珠《しんじゅ》のBS《ビーエス》	3月《がつ》3日《みっか》 birthday
4	C	セオ	CSCO生《シーエスシーオーせい》｜サファイアのBS《ビーエス》	4月《がつ》4日《よっか》 birthday
5	G	ギル	CSCO生《シーエスシーオーせい》｜ルビーのBS《ビーエス》	5月《がつ》5日《いつか》 birthday
6	T	ティル	【ディアモンド】を仕切《しき》る｜ゴールドのBS《ビーエス》	6月《がつ》6日《むいか》 birthday
7	N	ナノ	CSCO生《シーエスシーオーせい》｜エメラルドのBS《ビーエス》	7月《がつ》7日《なのか》 birthday
8	H	ハルタカ	橘《たちばな》ノ里《さと》の次期《じき》頭領《とうりょう》｜水銀《すいぎん》のBS《ビーエス》	8月《がつ》8日《ようか》 birthday
9	Y	イェール	ダウトのメンバー｜銀《ぎん》のBS《ビーエス》	9月《がつ》9日《ここのか》 birthday
10	M	メイス	【蛇《へび》】のトップ｜クリスタルのBS《ビーエス》	10月《がつ》10日《とおか》 birthday

シャルル
2月《がつ》14日《にち》
birthday

CSCO《シーエスシーオー》

マキ
2月《がつ》11日《にち》
birthday

CSCO《シーエスシーオー》

ゼイン
6月《がつ》22日《にち》
birthday

CSCO《シーエスシーオー》

ユーコ
???
birthday
※すべて不明

CSCO《シーエスシーオー》

ソロン
12月《がつ》22日《にち》
birthday

CSCO《シーエスシーオー》

ディミリー
8月《がつ》19日《にち》
birthday

CSCO《シーエスシーオー》

キャシー
1月《がつ》6日《むいか》
birthday

CSCO《シーエスシーオー》

シオン
9月《がつ》28日《にち》
birthday

CSCO《シーエスシーオー》

ベネディクト
???
birthday
※77番目にうまれた渡し守

CSCO《シーエスシーオー》

ルシィル
6月《がつ》6日《むいか》
birthday

ダウト

スネイク
7月《がつ》16日《にち》
birthday

ダウト

ジャック
4月《がつ》15日《にち》
birthday

ダウト

ヴェール
6月《がつ》7日《なのか》
birthday
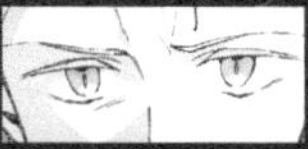
世界警察《せかいけいさつ》

一条《いちじょう》
10月《がつ》9日《ここのか》
birthday

CSCO《シーエスシーオー》

タロ
10月《がつ》4日《よっか》
birthday

CSCO《シーエスシーオー》

さとる
1月《がつ》10日《とおか》
birthday

CSCO《シーエスシーオー》

次号予告《じごうよこく》

ヴェールにつかまり「一生出《いっしょうで》ることができない」
テロストロ監獄《かんごく》にほうり込《こ》まれたナノ。
一方《いっぽう》レオは、ひとり
キケンな特殊任務部隊《とくしゅにんむぶたい》に参加《さんか》する——

あたしは、世界《せかい》を
かならず救《すく》う！
——おれは、お前《まえ》を
あきらめない。

えらぶ未来《みらい》のその先《さき》で、
正義《せいぎ》を心《こころ》に、
時代《じだい》をつくれ！

この小説《しょうせつ》、すべてがヒミツで超《ちょう》キケン。
トップ・シークレット⑨を
お楽《たの》しみに！

あんのまる先生《せんせい》へのお手紙《てがみ》は、角川《かどかわ》つばさ文庫編集部《ぶんこへんしゅうぶ》に送《おく》ってください！

〒102－8177　東京都千代田区富士見2－13－3
株式会社KADOKAWA　角川つばさ文庫編集部　あんのまる先生係

あんのまる／作
愛知県出身のさそり座 O 型。2021 年、第 9 回角川つばさ文庫小説賞一般部門金賞を受賞。受賞作を改題・改稿した『トップ・シークレット①　この任務、すべてが秘密で超キケン』でデビュー。同シリーズほか、著作に『100 億円求人』（角川つばさBOOKS）がある。趣味は世界中のアンティーク店を巡り不思議な小物を見つけること。「普通じゃない」物語、あたりまえをこえた、心にあかりを灯すような物語を書くことをモットーにかかげる。

シソ／絵
関西出身関東在住のイラストレーター。イラストを手がけた主な作品に「最強の鑑定士って誰のこと？」シリーズ（カドカワBOOKS）、『初恋ロスタイム』、「死神デッドライン」シリーズ（ともに角川つばさ文庫）などがある。

角川《かどかわ》つばさ文庫《ぶんこ》

トップ・シークレット⑧
正義《せいぎ》を胸《むね》に、潜入《せんにゅう》ミッション！

作《さく》　あんのまる
絵《え》　シソ

2024年11月13日　初版発行
2025年 5 月15日　３版発行

発行者　山下直久
発　行　株式会社KADOKAWA
〒102-8177　東京都千代田区富士見 2-13-3
電話　0570-002-301（ナビダイヤル）
印　刷　株式会社KADOKAWA
製　本　株式会社KADOKAWA
装　丁　ムシカゴグラフィクス

ISBN978-4-04-632331-6　C8293　N.D.C.913　255p　18cm

読者のみなさまからのお便りをお待ちしています。下のあて先まで送ってね。
いただいたお便りは、編集部から著者へおわたしいたします。
〒102-8177　東京都千代田区富士見 2-13-3　角川つばさ文庫編集部